金賢真（Diana Chin）
貝羅菈（Laura Vela Almendros）
艾利歐（Nelio Mendoza Figuerdo） 合著

作者序

歡迎來到西班牙語的世界！作為全球第三大語言，西班牙語不僅擁有超過五億的母語使用者，更是二十個國家的官方語言。對熟悉中文和英語的臺灣讀者而言，掌握好西班牙語將開啟更廣闊的國際交流機會。

學習語言就像是一場探索未知的旅程，而這本書將成為你旅途中可靠的嚮導，引領你深入理解西班牙語的結構、表達方式及其豐富的文化背景。不僅如此，我們還特別設計了專屬學習網站，透過互動式線上遊戲與生動的影音內容，讓語言學習更具趣味性與沉浸感，提供全方位的學習體驗。

本書在編寫過程中，得到了許多夥伴的支持與鼓勵，使得內容更加完善。特別感謝選擇這本書的每一位讀者，讓我們能夠陪伴你踏上西班牙語的學習旅程。現在，準備好你的行囊，讓我們一同探索這迷人的語言吧！

金賢真
貝羅菈
艾利歐

Prólogo

El español es la lengua que se habla en más continentes del mundo, y por ello posee una riqueza léxica y cultural inmensa. En *Explorando el español 2.0*, te invitamos a embarcarte en un viaje único por este fascinante idioma. A través de sus páginas, no solo practicarás las cuatro destrezas lingüísticas esenciales—lectura, audición, conversación y escritura—, sino que también descubrirás aspectos culturales y gramaticales clave para comunicarte con confianza.

El título del libro refleja este espíritu aventurero: *Explorando el español*, porque aprender una lengua es como viajar por territorios nuevos, llenos de sorpresas y aprendizajes. Y el "2.0" no es casualidad: estamos en la era digital, por eso integramos recursos interactivos y juegos en línea que hacen del estudio una experiencia más dinámica y entretenida.

El subtítulo "*Tu aventura comienza aquí*" no es solo una invitación, sino una promesa. Este manual ha sido diseñado pensando especialmente en ti, estudiante taiwanés, que quizás das tus primeros pasos en el aprendizaje del español. No necesitas conocimientos previos: el contenido está presentado en español y chino para que avances a tu ritmo y compares ambos idiomas mientras mejoras.

Este libro surge como respuesta a la necesidad de materiales didácticos que respondan verdaderamente a las características y expectativas del alumnado taiwanés. Por eso, en su elaboración se combinaron dos enfoques pedagógicos complementarios: el comunicativo y el tradicional. A lo largo de los capítulos encontrarás una cuidadosa atención a la fonética, explicaciones claras y deductivas de gramática, comprensión lectora, y también espacios para la interacción oral y la exploración intercultural.

Además, los contenidos no se limitan a lo lingüístico: abordan aspectos sociales, pragmáticos y culturales del mundo hispanohablante. Se incluyen recursos auditivos, visuales y escritos, así como herramientas gramaticales y léxicas que te servirán como apoyo constante en tu aprendizaje.

Entonces… ¿a qué esperas para comenzar tu aventura? Atrévete a explorar todos los rincones del español con nosotros.

Diana Hsienjen Chin
Laura Vela Almendros
Nelio Mendoza Figuerdo

如何使用本書

這本書就像一位值得信賴的嚮導，帶領你進入西班牙語的冒險旅程！要如何獲得最佳的學習體驗呢？這裡有一份輕鬆活潑的指引，讓你能更自在地探索西班牙語。

西、中雙語呈現，學習更全面！

全書西班牙文與中文雙語搭配，讓你不僅能學習語言，還能理解其背後的文化與表達方式！西班牙文部分可以幫助教師掌握教學方向，中文部分則為學習者準備了詳盡的解說，方便隨時查閱。

「在這一課，你將會學到」提示課程核心，學習重點一目了然！

每一課的開頭都會點出重點，讓你知道這堂課的核心是什麼，快速抓住學習方向。

「課文與字彙」呈現生活對話，聽說讀寫全面提升！

透過有趣的對話場景來學習日常西語，每則對話皆附帶生詞與中文翻譯，讓你輕鬆學習實用會話同時掌握新詞彙。更棒的是，所有的課文和字彙都有作者親錄音檔可以聆聽！只要掃描封面及內文中 QR Code，就能聽到標準發音及朗讀音檔，跟著練習聽力與口說。

「文法解說」說明文法規則，輕鬆理解語言邏輯！

課文中出現的文法與句型都有詳細的解說，掃描 QR Code 即可連結到專屬網頁，搭配線上習題，學習文法句型後馬上動手練習，加深記憶！

「口說練習」，跟著開口說西語！

學習語言不能只是聽、讀、寫，更要敢於開口說！口語練習活動讓你在輕鬆、有趣的環境下運用所學，更自然地掌握西班牙語。

「文化小知識」，打開眼界！

想更深入了解西班牙語系國家的文化嗎？每課最後都有文化介紹更結合了語言與生活，讓學習更加生動。輕鬆掃描文末 QR Code，還有更多線上補充教材等著你一起探索！

這趟西班牙語學習旅程已準備就緒，現在就翻開書本，開始你的語言冒險吧！

如何掃描 QR Code 下載音檔

1. 以手機內建的相機或是掃描 QR Code 的 App 掃描封面的 QR Code。
2. 點選「雲端硬碟」的連結之後，進入音檔清單畫面，接著點選畫面右上角的「三個點」。
3. 點選「新增至「已加星號」專區」一欄，星星即會變成黃色或黑色，代表加入成功。
4. 開啟電腦，打開您的「雲端硬碟」網頁，點選左側欄位的「已加星號」。
5. 選擇該音檔資料夾，點滑鼠右鍵，選擇「下載」，即可將音檔存入電腦。

Hola, colega:

Hemos diseñado este libro para que sea muy práctico y para facilitar tu labor de docente. Para empezar, puedes elegir si deseas dar la clase en español o en chino. No importa si tus alumnos no saben nada de español, tú puedes ofrecerles la explicación en español para que ellos se vayan acostumbrando a escuchar esta lengua, dado que los alumnos pueden seguirte con la versión en chino.

¿Que no quieres dar la clase en español? No pasa nada: ya te ofrecemos la versión en chino, para que no tengas que molestarte en hacer la traducción.

Además, cuentas con códigos QR para poder descargar las grabaciones. Tienes el nombre de todas las letras del alfabeto, su pronunciación y un ejemplo en las grabaciones. También, en las grabaciones encontrarás todo el vocabulario y los diálogos que aparecen en las diferentes lecciones. De este modo puedes ofrecer a tus alumnos distintos acentos. Como recordar el masculino y el femenino, para los asiáticos es difícil, se nos ha ocurrido que los adjetivos másculinos fueran grabados por un hombre y los femeninos por una mujer.

Los códigos QR te proporcionan la oportunid de poder ofrecer a tus alumnos ejercicios interactivos, que puedes usar para examinar sus progresos o para realizar competiciones entre ellos. Pues este libro cuenta con una página web diseñada especialmente para hacerlo más práctico y para poder ofrecer videos y grabaciones para añadir más información a las notas culturales o para que los alumnos puedan escuchar los distintos acentos y las distintas lenguas de España.

Como podrás comprobar hemos intentado facilitarte al máximo tu labor ofreciéndote todo lo necesario para ofrecer una clase dinámica, entretenida y eficaz.

Nuestros mejores deseos para esta gran aventura.

Guía Didáctica del Docente

Presentación

Explorando el Español 2.0 es un manual innovador para estudiantes taiwaneses que inician su aprendizaje del español. Diseñado con un enfoque comunicativo y tradicional, este material se adapta a los estilos de aprendizaje del alumnado asiático, incorporando recursos interactivos, juegos digitales y materiales bilingües. Esta guía proporciona al docente las herramientas para implementar con éxito el contenido, contextualizado en una metodología inclusiva, visual y participativa.

Objetivos Generales

- Fomentar el desarrollo integrado de las competencias lingüísticas: comprensión auditiva, lectura, expresión oral y escrita.
- Desarrollar la autonomía del estudiante a través del uso de recursos tecnológicos y ejercicios lúdicos accesibles mediante códigos QR.
- Facilitar la asimilación de contenidos culturales y pragmáticos del mundo hispanohablante.
- Atender las particularidades del alumnado taiwanés en su ritmo de aprendizaje, tipo de memoria, y estilo de participación.

Metodología

Se combinan dos enfoques complementarios:

- **Enfoque comunicativo:** promueve el uso del idioma en contextos reales, con énfasis en la interacción oral.
- **Enfoque tradicional:** refuerza estructuras gramaticales, vocabulario, y fonética de forma progresiva y explícita.

La tecnología es un eje transversal: cada unidad ofrece códigos QR que enlazan a actividades digitales como juegos, ejercicios auditivos, videos, cuestionarios. El acceso a ejercicios digitales mediante QR permite reforzar y ampliar los contenidos en distintos entornos.

Contenido Didáctico por Unidad

Cada unidad incluye:
- Objetivos específicos
- Diálogos modelo y vocabulario temático
- Gramática aplicada
- Ejercicios digitales (QR): conversación, lectura, comprensión y producción
- Propuesta intercultural (curiosidades del mundo hispano)

Recomendaciones para el Aula

- Utilizar apoyos visuales y escritura en pizarra para reforzar los contenidos auditivos.
- Fomentar la participación oral de manera gradual, respetando la dinámica cultural de respeto y silencio inicial del estudiante taiwanés.
- Explicitar la importancia del error como parte del aprendizaje para reducir la ansiedad y rigidez.
- Utilizar ejercicios de memorización como estrategia complementaria, aplicándola en juegos de roles y dramatizaciones.
- Combinar actividades individuales, en parejas y en grupo de forma gradual.

Actividades Lúdicas

- Juegos de roles y simulaciones: presentar, pedir información, describir
- Crucigramas y sopas de letras: vocabulario temático
- Tableros y tarjetas fotocopiables para reforzar gramática y léxico
- Concursos y dinámicas de grupo: fomentar la motivación y la cooperación

Evaluación

La evaluación será continua, considerando:
- Participación y actitud en clase
- Progreso en las actividades digitales
- Progreso en las competencias lingüísticas
- Resultados en ejercicios interactivos y pruebas escritas
- Autoevaluaciones periódicas y feedback del docente

Conclusión

Esta guía tiene como misión acompañar al profesorado en la implementación de un manual dinámico, contextualizado y culturalmente sensible. Aprender español puede ser una experiencia emocionante: el docente es el guía de esta aventura educativa, en la cual la tecnología, el juego y la cultura se combinan para formar una enseñanza verdaderamente significativa.

目次

作者序 **Prólogo** 2

如何使用本書 **Guía Didáctica del Docente** 5

課程大綱 **Contenidos del Libro** 12

Lección Preparatoria : ¡Bienvenidos al Mundo del Español! 17
行前準備：歡迎來到西班牙語的世界！

Lección 1: Explorando Tu Origen y Procedencia 49
第 1 課：探索你的家族起源

Lección 2: Información Personal y Profesiones 85
第 2 課：三百六十行，你是哪一行？

Lección 3: ¡Familias en Fuego! 127
第 3 課：又愛又恨的家人們！

Lección 4: Objeto en Fuga 157
第 4 課：消失的物品

Lección 5: ¡Los Gustos Explotan! 185
第 5 課：探索你的喜好！

Lección 6: ¡Compras, Compras, Compras! 219
第 6 課：買買買！

Materiales complementarios: Ejercicios y lecturas 249
補充教材―習題及短文閱讀

課程大綱 Contenidos del Libro

Lecciones 課名	Contenido 內容概要
Lección Preparatoria: ¡Bienvenidos al Mundo del Español!	1. Abecedario 2. Sílabas 3. Saludos / Presentaciones 4. Pronombres de sujeto
行前準備：歡迎來到西班牙語的世界！	1. 西班牙語字母 2. 發音與音節 3. 打招呼與自我介紹 4. 西班牙語主詞代名詞（如：你、我、他…等）
Lección 1: Explorando Tu Origen y Procedencia	1. El verbo ser 2. El verbo hablar 3. Género y número de los sustantivos 4. Vocabulario de países, nacionalidades e idiomas
第 1 課：探索你的家族起源	1.「ser」的動詞變化與用法 2.「hablar」的動詞變化與用法 3. 形容詞的詞性和單複數變化 4. 國家、國籍、語言相關單字
Lección 2: Información Personal y Profesiones	1. Los artículos 2. Vocabulario de profesiones 3. Presentar su apellido, nombre y profesión
第 2 課：三百六十行，你是哪一行？	1. 冠詞的用法 2. 關於職業的字彙 3. 姓氏及職業的表達方式

Objetivo de Aprendizaje 語言學習目標

1. Conocer el alfabeto y la pronunciación
2. Practicar saludos y presentaciones
3. Conocer los pronombres de sujeto (ej. yo, tú...)

1. 學習西班牙語的字母與發音規則
2. 練習生活招呼用語
3. 認識西班牙語主詞代名詞（如：你、我、他…等）

1. Presentar tu país, ciudad y pueblo
2. Establecer el concepto de género y número

1. 介紹自己的國家、城市和地區
2. 熟悉詞性及單複數的概念

1. Conocer los artículos
2. Presentar tu apellido, nombre y profesión

1. 認識西班牙語的冠詞
2. 表達個人姓名及職業

Lecciones 課名	Contenido 內容概要
Lección 3: ¡Familias en Fuego!	1. Los posesivos 2. Los adjetivos y la concordancia 3. Vocabulario de familia y descripción de personas
第 3 課：又愛又恨的家人們！	1. 所有格的用法 2. 形容詞及語言一致性 3. 家族成員及人物描述的相關字彙
Lección 4: Objeto en Fuga	1. El verbo *estar* 2. Las preposiciones 3. Vocabulario de lugares
第 4 課：消失的物品	1.「estar」的動詞變化與用法 2. 表達地點的介係詞 3. 表示地點的相關詞彙
Lección 5: ¡Los Gustos Explotan!	1. El verbo *gustar* 2. Adjetivos para describir los objetos 3. El vocabulario de los colores
第 5 課：探索你的喜好！	1.「gustar」的動詞變化與用法 2. 描述物品的形容詞 3. 顏色相關的字彙
Lección 6: ¡Compras, Compras, Compras!	1. Números 2. Preguntar los precios 3. Expresar los precios
第 6 課：買買買！	1. 介紹數字 2. 關於詢問價錢的句型 3. 表達價錢的方式

Objetivo de Aprendizaje 語言學習目標

1. Establecer el concepto de concordancia
2. Describir las características físicas y la personalidad de los miembros de la familia

1. 建立西班牙語詞性及單複數一致的概念
2. 描述自己家人的外表和性格

---

1. Conocer el verbo *estar*
2. Preguntar e indicar la ubicación de objetos

1. 熟悉「estar」的動詞變化
2. 詢問及回答物品的所在位置

---

1. Conocer la estructura relacionada con el verbo *gustar*
2. Expresar gustos
3. Describir objetos

1. 熟悉「gustar」類型動詞的句型架構
2. 表達自己的喜好
3. 描述物品的樣貌

---

1. Aprender las estructuras relacionadas con expresar los precios
2. Expresar los precios y los números

1. 學習詢問價錢的句型
2. 熟悉數字及價錢的表達方式

Apuntes 筆記

Lección Preparatoria

¡Bienvenidos al Mundo del Español!

行前準備
歡迎來到西班牙語的世界！

Contenido

1. Abecedario
2. Sílabas
3. Saludos / Presentaciones
4. Pronombres de sujeto

在這一課，你將會學到：

1. 西班牙語字母
2. 發音與音節
3. 打招呼與自我介紹
4. 西班牙語主詞代名詞（如：你、我、他…等）

大家好！在這個單元裡，我們將探索西班牙語的字母和發音。你是否曾在歌曲或影集中聽過西班牙語？想知道這些字到底應該怎麼發音？讓我們來告訴你！

希望這本書能夠帶領你進入有趣的西班牙語世界。在每個段落的解說之後，我們都設計了有趣的互動式習題，相信藉由這些活動，你的學習旅程將更加活潑愉快！現在，就讓我們一起開始這段有趣的西語學習之旅吧！

¡Hola a todos! En esta unidad, vamos a sumergirnos en el fascinante mundo del abecedario y los sonidos del español. ¿Alguna vez te has preguntado cómo se pronuncian realmente esas palabras que ves en tus canciones favoritas o en los diálogos de tus series? Pues aquí tendrás todas las respuestas.

Prepárate para practicar, repetir y divertirte mientras aprendes. No solo entenderás mejor el idioma, sino que también te sentirás más seguro al hablarlo. ¡Así que vamos a darle, y empecemos esta aventura lingüística juntos!

1 ▶ El abecedario ｜ 西班牙語的字母

　　西班牙語共有 27 個字母，除了基本的英文字母外，還有 1 個戴著帽子的「ñ」。此外，還有 3 個複合式字母：「ch」、「ll」、和「rr」。

MP3-01

El alfabeto 基本字母			
Letras 字母	Nombre de la letra 字母的名稱	Pronunciación 發音	Ejemplo 例子
A	a	/a/	árbol
B	be	/be/	balón
C	ce	/θe/ (España 西班牙發音) /se/ (Latinoamérica 拉丁美洲發音)	cena
D	de	/de/	dedo
E	e	/e/	elefante
F	efe	/ˈefe/	fuego
G	ge	/xe/ (España 西班牙發音) /he/ (Latinoamérica 拉丁美洲發音)	gato
H	hache	/ˈatʃe/	hola
I	i	/i/	isla
J	jota	/ˈxota/ (España 西班牙發音) /ˈhota/ (Latinoamérica 拉丁美洲發音)	jugo
K	ka	/ka/	kilo
L	ele	/ˈele/	luna
M	eme	/ˈeme/	mano

El alfabeto
基本字母

Letras 字母	Nombre de la letra 字母的名稱	Pronunciación 發音	Ejemplo 例子
N	ene	/ˈene/	nube
Ñ	eñe	/ˈeɲe/	niño
O	o	/o/	oso
P	pe	/pe/	pelota
Q	cu	/ku/	queso
R	ere	/ˈere/	ratón
S	ese	/ˈese/	sol
T	te	/te/	tigre
U	u	/u/	uva
V	uve	/ˈuβe/	vaso
W	uve doble	/ˈuβe ˈdoβle/	Wi-Fi
X	equis	/ˈekis/	xenón
Y	ye/ i griega	/ˈi ˈgrieɣa/, /ʎ/	yate
Z	zeta	/ˈθeta/ (España 西班牙發音) /ˈseta/ (Latinoamérica 拉丁美洲發音)	zapato

MP3-02

Las letras compuestas 複合字母			
Letras 字母	Nombre de la letra 字母的名稱	Pronunciación 發音	Ejemplo 例子
ch	che	/tʃ/	chico
ll	elle	/ʎ/	ella
rr	erre	/r/	perro

En español usamos 27 letras, pero también tenemos tres combinaciones especiales de letras: "ch", "ll", y "rr". En total, esto nos da 30 sonidos diferentes. La letra "ñ" es súper especial y única del español, ¡no la verás en muchos otros idiomas!

◆ **Ejercicio 1 互動小習題 1**

現在，讓我們來試試字母與聲音配對的小遊戲！
（請掃描 QR code）

2 Las vocales y consonantes ｜ 母音和子音

2.1 母音

西班牙語的 30 個字母中包含 5 個母音：a、e、o、i、u，其他字母都是子音。我們先從母音開始學起吧！

母音在一個單字中沒有位置的限制，它可以出現在一個單字的開頭、中間或結尾。此外，母音除了可以和其他字母結合而形成單字外，也可以單獨存在，自己形成一個單字。

例如：

（1）o（或）

（2）a-mor（愛）

 MP3-03

Vocal 母音	Similar a la pronunciación en chino 相似的中文注音	Ejemplo 例子	Traducción en chino 中文
a	「ㄚ」	ala	翅膀
e	「ㄝ」	él	他
i	「ㄧ」	ir	去
o	「ㄛ」	o	或是
u	「ㄨ」	uva	葡萄

2.1 Las vocales

En español, tenemos cinco letras que son nuestras vocales: a, e, i, o, u. Algo curioso es que estas mismas letras también existen en chino-mandarín. Las vocales pueden aparecer en cualquier posición de la palabra. Además, pueden formar silabas y palabras por si solas.

Por ejemplo:
(1) o (sílaba), (palabra)
(2) a-mor (sílaba)

◆ **Ejercicio 2 互動小習題 2**

試試看！辨識母音的練習。

（請掃描 QR code）

2.2 子音

30 個字母中除了前述的 5 個母音外，其他都是子音。子音不能單獨存在，必須依附母音來形成音節。

例如：

（3）a-ño（年）

（4）ni-ño（小男孩）

Los consonantes y sus ejemplos 子音的發音和範例							
Consonante 子音	a	e	i	o	u	Ejemplo 例子	Traducción en chino 中文
b	ba	be	bi	bo	bu	barco	船
c	ca	-	-	co	cu	casa	房子
c	-	ce	ci	-	-	cocina	廚房
ch	cha	che	chi	cho	chu	chico	男孩
d	da	de	di	do	du	dedo	手指
f	fa	fe	fi	fo	fu	fruta	水果
g	ga	-	-	go	gu	gato	貓
g	-	ge	gi	-	-	gente	人們
g	-	gue	gui	-	-	guía	導遊
h	ha	he	hi	ho	hu	hombre	男人

-24-

Consonante 子音	a	e	i	o	u	Ejemplo 例子	Traducción en chino 中文
Los consonantes y sus ejemplos 子音的發音和範例							
j	ja	je	ji	jo	ju	jugo	果汁
k	ka	ke	ki	ko	ku	kilo	公斤
l	la	le	li	lo	lu	libro	書
ll	lla	lle	lli	llo	llu	llama	羊駝
m	ma	me	mi	mo	mu	mano	手
n	na	ne	ni	no	nu	nube	雲
ñ	ña	ñe	ñi	ño	ñu	niño	孩子
p	pa	pe	pi	po	pu	perro	狗
q	-	que	qui	-	-	queso	起司 / 乳酪
r	ra	re	ri	ro	ru	loro	鸚鵡
rr	rra	rre	rri	rro	rru	carro	車
s	sa	se	si	so	su	sol	太陽
t	ta	te	ti	to	tu	taza	杯子
v	va	ve	vi	vo	vu	vaca	牛
w	wa	we	wi	wo	wu	kiwi	奇異果
x	xa	xe	xi	xo	xu	taxi	計程車

Los consonantes y sus ejemplos 子音的發音和範例							
Consonante 子音	a	e	i	o	u	Ejemplo 例子	Traducción en chino 中文
y	ya	ye	yi	yo	yu	ayuda	幫助
z	za	ze	zi	zo	zu	zapato	鞋

2.2 Las consonantes

Las consonantes son las letras que no son vocales. En español, las consonantes pueden combinarse con vocales para formar sílabas.

Por ejemplo:

(3) a-ño

(4) ni-ño

◆ **Ejercicio 3　互動小習題 3**

依照聽到的聲音拼出音節。

（請掃描 QR code）

2.3 音節

音節是西班牙語發音的最小單位,一個字可能由一個或多個音節構成。母音是構成音節的主要元素,每個音節裡都一定要有至少一個母音。大家可以把它想成媽媽帶小孩,一個音節裡一定要有一個媽媽。形成音節的組合有很多,這些是比較常見的組合:

(1) 一個母音,例如「o-jo」(眼睛)的「o」,就是由一個母音形成的音節。

(2) 母音＋子音,順序不拘。例如「en」(在…)或是「no」(不),都是由一個母音和一個子音組成的音節。

(3) 子音＋母音＋子音,例如「mes」(月份)。

(4) 子音＋子音＋母音＋子音,例如「tren」(火車)。

(5) 子音＋子音＋母音＋子音＋子音,例如「trans-por-te」(交通)裡的「trans」這個音節。

大家或許會問,到底一個母音(媽媽)可以帶幾個子音(小孩)呢?答案是1個母音最多可以帶4個子音,前面2個和後面2個,如同上面的說明(5)「transporte」。大家可能注意到,在(5)的例子中,第一個音節「trans」的子音是兩兩相連的,但是第二個「por」和第三個音節「te」中的二個子音「r」和「t」卻被分開了。這是為什麼呢?

當2個相鄰的子音中的第二個子音是l或r時,這2個相鄰的子音不能被拆開,必須一起跟隨著後面出現的母音形成一個音節,如「transporte」的第一個音節「trans」。而當2個相鄰的子音前後都有母音,且第二個子音不是「l」或「r」時,他們必須分開,就像「transporte」的第二音節「por」和第三音節「te」。

2.3 Las sílabas

Las sílabas son la unidad mínima de pronunciación en español. Una palabra puede estar compuesta por una o más sílabas. Las vocales son el elemento principal que forma las sílabas, y cada sílaba debe tener al menos una vocal. Se puede pensar en esto como en una mamá llevando a sus hijos; cada sílaba debe tener una mamá. Hay muchas combinaciones para formar sílabas, y estas son algunas de las combinaciones más comunes:

(1) Una vocal, por ejemplo, la ¨o¨ de ¨o-jo¨ es una sílaba formada por solo una vocal

(2) Vocal+ consonante, sin orden específico. Por ejemplo: ¨en¨ o ¨no¨.

(3) Consonante + vocal+ consonante, por ejemplo: ¨mes¨.

(4) Consonante + consonante+ vocal+ consonante, por ejemplo: ¨tren¨.

(5) Consonante + consonante+ vocal+ consonante+ consonante, por ejemplo, la sílaba ¨trans¨ de ¨transporte¨.

La gente podría preguntarse, ¿cuántas consonantes (niños) puede llevar una vocal (mamá)? Una vocal puede llevar hasta 4 consonantes, 2 delante y 2 detrás, como se explicó anteriormente. Quizás hayan notado que en el ejemplo (5), las consonantes de la primera sílaba "trans" están juntas, pero en la segunda sílaba "por" y la tercera sílaba "te", las consonantes "r" y "t" están separadas. ¿Por qué es esto?

Cuando la segunda de dos consonantes adyacentes es "l" o "r", estas dos consonantes no pueden separarse y deben seguir juntas a la vocal que aparece después para formar una sílaba, como en la primera sílaba de "transporte" (trans). Sin embargo, cuando hay dos consonantes adyacentes con vocales antes y después, y la segunda consonante no es "l" o "r", deben separarse, como en la segunda sílaba "por" y la tercera sílaba "te" de "transporte".

　　大家可能會問，一個音節只能有 1 個母音嗎？不是的。一個音節可以有 2 個母音，這樣的組合被稱為雙母音。還記得西班牙文的 5 個母音「a、e、o、i、u」嗎？其實他們有分強弱喔！「a、e、o」是強母音，「i」和「u」是弱母音。雙母音的組合如下：

(1) 強母音＋弱母音，順序不拘。例如「ai-re」（空氣）。這個字的第一個音節「ai」是由強母音「a」和弱母音「i」所組成，這樣的組合稱為雙母音。

(2) 弱母音＋弱母音，例如「Lui-sa」（露易莎，女生名字）。這個字的第一個音節由子音 l 和 2 個弱母音「u」和「i」組成一個音節。

　　那如果是 2 個強母音相鄰時，要怎麼辦呢？如果是 2 個強母音相鄰，這 2 個強母音必須被分開到 2 個不同的音節裡，因為「一山不容二虎」，2 個強者必須各自為王，不能留在同一個音節裡。例如「a-e-ro-puer-to」（機場）中的「a」和「e」，因為都是強母音所以分別屬於 2 個音節。

　　另外，當一個強母音和一個帶有重音標記的弱母音（如：ú、í）相鄰，2 個母音也必須被分開 2 個不同的音節去。想像重音標記是一把武器，原本孱弱的母音獲得了武器，可以保護自己，就可以獨當一面而不需要依賴強母音了。例如「ma-íz」（玉米）裡的重母音 a 和有重音標記的弱母音「í」被分到 2 個不同的音節。

Entonces, ¿una sílaba solo puede tener una vocal? No, una sílaba puede tener dos vocales, y esta combinación se llama diptongo. ¿Recuerdan las cinco vocales en español, "a, e, i, o, u"? En realidad, se dividen en fuertes y débiles. Las vocales fuertes son "a, e, o", y las vocales débiles son "i" y "u". Las combinaciones de diptongos son las siguientes:

(1) Vocal fuerte + vocal débil, sin orden en particular. Por ejemplo, aire. La primera sílaba "ai" está compuesta por la vocal fuerte "a" y la vocal débil "i", y esta combinación se llama diptongo.

(2) Vocal débil + vocal débil, por ejemplo, Luisa. La primera sílaba "Lui" está compuesta por la consonante "l" y las dos vocales débiles "u" e "i".

¿Qué pasa si hay dos vocales fuertes adyacentes? Si hay dos vocales fuertes adyacentes, estas deben separarse en dos sílabas diferentes. Dos fuertes deben reinar por separado y no pueden permanecer en la misma sílaba. Por ejemplo, en "a-e-ro-puer-to", las vocales "a" y "e" son fuertes y, por lo tanto, pertenecen a dos sílabas diferentes.

◆ **Ejercicio 4 互動小習題 4**

請依照聽到的聲音拼出單字。

（請掃描 QR code）

2.4 重音

　　在了解了音節分布後,大家可能會想,這些規則跟我們說西班牙語有什麼關係呢?西班牙語的音節分布和重音位置有關,而重音就像我們中文注音符號的聲調,決定發音的重音和音調。重音一定落在母音上,如果同一個音節裡有強母音和弱母音,則落在強母音上。關於西班牙語重音位置的規則如下:

(1) 當單字的結尾是母音、「n」及「s」時,重音在倒數第二音節。例如:「bue-no」(好的)。這個單字是母音「o」結尾,因此重音在倒數第二音節「bue」的強母音「e」上面。當重音落在單字的倒數第二音節時,我們會在有重音的母音上把音調提高,類似注音符號的二聲。

(2) 當單字的結尾是其他子音,重音在最後一個音節。例如:「co-mer」(吃)。這個單字的結尾是子音「r」,因此重音在最後一個音節「mer」。當重音落在最後一個音節時,音調下降,類似注音符號的四聲。

　　那麼,有沒有單字的發音不按照這些規則的呢?當然有!如果單字的重音位置沒有依照上面的二個規則,那我們就需要重音標記(´)。重音標記只會出現在母音上面,標記在母音的正上方(如:á、é、í、ó、ú)。例如「lám-pa-ra」(燈),這個單字有 3 個音節,如果沒有重音標記,那麼它的重音應該在 pa,和這個單字的正確發音不符,因此我們需要重音標記來呈現正確的重音位置。所以我們需要先知道這個單字的正確發音,才能決定需不需要重音標記。

2.4 La acentuación

Después de entender la distribución de las sílabas, se preguntarán, ¿qué relación tienen estas reglas con el habla en español? La distribución de las sílabas en español está relacionada con la posición del acento, y el acento es como el tono en los símbolos fonéticos chinos, determinando la intensidad y el tono de la pronunciación. El acento siempre recae en una vocal, y si hay una vocal fuerte y una vocal débil en la misma sílaba, el acento recae en la vocal fuerte. Las reglas de acentuación en español son las siguientes:

(1) Cuando una palabra termina en una vocal, "n" o "s", el acento recae en la penúltima sílaba. Por ejemplo: "bueno". Esta palabra termina en la vocal "o", por lo que el acento recae en la vocal fuerte "e" de la penúltima sílaba "bue". Cuando el acento recae en la penúltima sílaba, elevamos el tono en la vocal acentuada, similar al segundo tono en los símbolos fonéticos chinos.

(2) Cuando una palabra termina en cualquier otra consonante, el acento recae en la última sílaba. Por ejemplo: "comer". Esta palabra termina en la consonante "r", por lo que el acento recae en la última sílaba "mer". Cuando el acento recae en la última sílaba, el tono desciende, similar al cuarto tono en los símbolos fonéticos chinos.

Entonces, ¿hay alguna palabra cuya pronunciación no siga estas reglas? ¡Por supuesto que sí! Si la posición del acento de una palabra no sigue las dos reglas anteriores, entonces necesitamos una tilde (´). La tilde solo aparece en las vocales y se marca directamente sobre la vocal (por ejemplo, á, é, í, ó, ú). Por ejemplo, lám-pa-ra. Esta palabra tiene tres sílabas, y si no hay tilde, el acento debería estar en "pa", lo cual no coincide con la pronunciación correcta de esta palabra. Por lo tanto, necesitamos una tilde para indicar la posición correcta del acento. Así que primero necesitamos saber la pronunciación correcta de la palabra para determinar si se necesita una tilde.

Lección Preparatoria

　　如果忘記寫重音標記，會怎樣嗎？這是初學西班牙語的同學常問的問題。重音標記是文字的一部分，不能省略。而且西班牙語有些單字的差異就只在於重音標記而已，例如「te」（你）、「té」（茶）。雖然在我們看來只差那一點，但在西班牙語裡卻是二個截然不同的單字。

¿Qué pasa si olvido poner la tilde? Esta es una pregunta común entre los estudiantes taiwaneses de español. La tilde es parte de la palabra y no se puede omitir. Además, en español, algunas palabras se diferencian solo por la tilde, por ejemplo, "te" y "té". Aunque solo hay una pequeña diferencia, en español son dos palabras completamente diferentes.

◆ **Ejercicio 5 互動小習題 5**

聽聲音，排列出正確的單字。

（請掃描 QR code）

3 Saludos, despedidas ｜ 打招呼和告別

在西班牙語中，說「Hola」（你好）和「Adiós」（再見）非常重要。從一個簡單的「¡Hola!」來開始一天，到一個「¡Nos vemos!」（期待再相見）來道別，每句話都反映了我們溫暖的溝通方式。讓我們以輕鬆友好的方式來探索這些問候語和告別語，讓你在說西班牙語時感到自在。

3.1 課文對話

Luis：嗨！早安！你好嗎？

Ana：嗨！我很好，謝謝。你呢？

Luis：普普通通。再見。

Ana：掰！

在西班牙語中，當我們打招呼時，不僅會說「¡Hola」（你好！），還會關心對方的狀況。我們會問像是「¿Cómo estás?」（你好嗎？）、「¿Qué tal?」（怎麼樣？），或者「¿Cómo te va?」（過得如何？）這些問題。這些問候語是以一種親切的方式來聯繫，並了解對方當下的感受。讓我們來看看這些常用的問候語和回答吧！

En español, decir "hola" y "adiós" es muy importante. Desde un simple "¡Hola!" para empezar el día hasta un "¡Nos vemos!" para despedirse, cada frase refleja nuestra manera cálida de comunicarnos. Vamos a explorar estos saludos y despedidas de manera fácil y amigable para que te sientas cómodo al hablar español.

3.1 Conversación

Luis: ¡Hola, buenos días! ¿Cómo estás?
Ana: ¡Hola! Estoy muy bien, gracias. ¿Y tú?
Luis: Regular. Adiós.
Ana: ¡Chao!

Cuando saludamos en español, no solo decimos "¡Hola!", sino que también nos interesamos por cómo está la otra persona. Preguntamos cosas como "¿Cómo estás?", "¿Qué tal?", o "¿Cómo te va?". Estas preguntas son una forma cariñosa de conectar y saber cómo se siente alguien en ese momento. Vamos a explorar estas preguntas y las respuestas comunes que las acompañan, ¡para que puedas sentirte más seguro al saludar en español!

Lección Preparatoria

3.2 Vocabulario 單字

MP3-05

Saludos 問候	Traducción en chino 中文	Despedidas 道別	Traducción en chino 中文
¡Hola!	你好	Adiós	再見
Buenos días	早安	Chao	掰
Buenas tardes	午安	Nos vemos	再會
Buenas noches	晚安	Hasta luego	待會見
		Hasta pronto	回頭見

Las preguntas y respuestas 常用問答

MP3-06

Pregunta 問句	Traducción en chino 中文	Respuesta 回答	Traducción en chino 中文
¿Cómo estás?	你好嗎？	muy bien	很好
¿Cómo está (usted)?	您好嗎？	bien	好
¿Qué tal?	你好嗎？	regular	普普通通
¿Cómo te va?	過得如何？	así, así	馬馬虎虎
¿Qué hay de nuevo?	最近有什麼新鮮事？	mal	不好

◆ **Ejercicio 6 互動小習題 6**

請依據問題選出適當的回答。

（請掃描 QR code）

Lección Preparatoria

4　Pronombres de sujeto ｜ 主詞代名詞

　　西班牙語和中文一樣有 8 個主詞人稱，單數的「yo」（我）、「tú」（你）、「él」（他）/「ella」（她）、「usted」（您）和複數的「nosotros / nosotras」（我們）、「vosotros / vosotras」（你 / 妳們）、「ellos / ellas」（他 / 她們）、「ustedes」（您們）。中文裡的「你」、「他」、「你們」和「他們」可以用來指男生或女生，用法比較中性。但是在西班牙文裡，這些代名詞對性別有比較嚴格的規定。陰性的複數代名詞「nosotras」（我們）、「vosotras」（妳們）、「ellas」（她們）只能用在當整個團體的成員都是女生的時候。如果一個團體裡有男有女，則使用陽性的複數代名詞，如：「nosotros」（我們）、「vosotros」（你們）、「ellos」（他們）。然而，代表尊稱的複數代名詞「ustedes」（您們）沒有區分性別。

▶ MP3-07

Pronombres de sujeto 主詞代名詞	Traducción en chino 中文
Yo	我
Tú	你
Él / Ella / Usted	他 / 她 / 您
Nosotros / Nosotras	我們
Vosotros / Vosotras	你們
Ellos / Ellas / Ustedes	他們 / 她們 / 您們

El español, al igual que el chino, tiene 8 pronombres personales. En singular tenemos "yo（我）", "tú（你）", "él（他）" / "ella（她）", "usted（您）" y en plural "nosotros/nosotras（我們）", "vosotros/vosotras（你/妳們）", "ellos/ellas（他/她們）", "ustedes（您們）". En chino, " 你 ", " 他 ", " 你們 " y " 他們 " pueden referirse tanto a hombres como a mujeres, siendo su uso más neutral. Sin embargo, en español, estos pronombres tienen una distinción más estricta en cuanto al género. Los pronombres plurales femeninos "nosotras（我們）", "vosotras（妳們）", "ellas（她們）" solo se usan cuando todos los miembros del grupo son mujeres. Si hay hombres y mujeres en el grupo, se utilizan los pronombres plurales masculinos "nosotros（我們）", "vosotros（你們）", "ellos（他們）". Sin embargo, el pronombre plural de respeto "ustedes（您們）" no distingue el género.

◆ **Ejercicio 7 互動小習題 7**

請選出正確的主詞代名詞。

（請掃描 QR code）

Notas culturales
文化小知識

什麼？！西班牙不只說西班牙語？

大家是不是覺得西班牙人一定說西班牙語呢？西班牙語是西班牙全國的官方語言。其實西班牙境內的某些地區也有制定他們自己的官方語言喔！

1. 加泰羅尼亞（在加泰羅尼亞和巴利阿里群島為官方語言，下方地圖中咖啡色和黃色的部份）

2. 瓦倫西亞語（在瓦倫西亞自治區為官方語言，下方地圖中橘色的部份）

3. 加利西亞語（在加利西亞為官方語言，下方地圖中藍色的部份）

4. 巴斯克語（在巴斯克地區和納瓦拉部分地區為官方語言，下方地圖中綠色的部份）

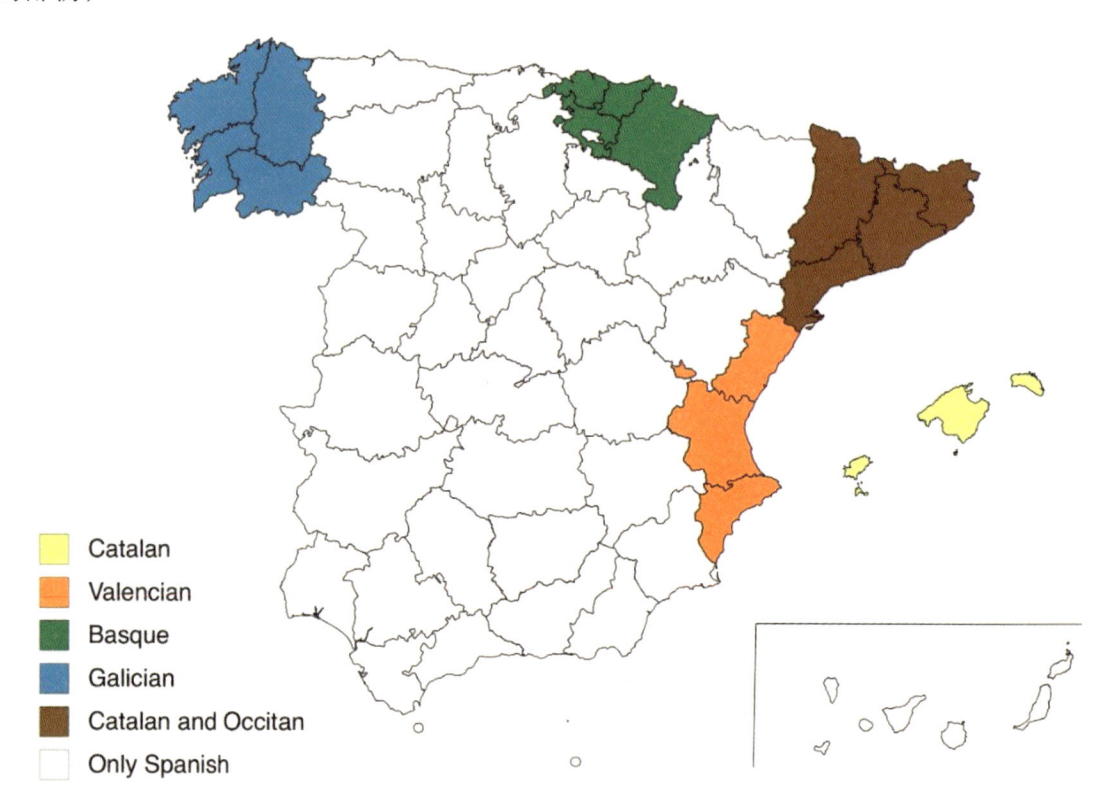

西班牙地區官方語言分布圖（圖片出處：https://www.reddit.com/r/MapPorn/comments/dkiaa1/coofficial_languages_in_spain/?rdt=56995）

¿Qué lenguas se hablan en España?

La Constitución Española dicta como lengua oficial de España al castellano, ahora bien, algunas Comunidades Autonómicas junto con el castellano tienen otra lengua cooficial:

Catalán (oficial en Cataluña y las Islas Baleares)
Valenciano (oficial en la Comunidad Valenciana)
Gallego (oficial en Galicia)
Euskera (oficial en el País Vasco y parte de Navarra)

除了這些官方語言，西班牙各地還有許多方言：

（i）**阿斯圖里亞 - 萊昂語**（Astur-leonés, bable）（在薩拉曼卡、薩莫拉、萊昂、帕倫西亞和巴利亞多利德的農村地區以及阿斯圖里亞斯的部分地區使用，地圖左上淺綠色部份）

（ii）**阿拉貢語**（Aragonés）（在韋斯卡和薩拉戈薩，地圖左上橘色部份）

（iii）**埃斯特雷馬杜拉語**（Extremeño）（在埃斯特雷馬杜拉，地圖左側桃紅色部份）

（iv）**瓦倫西亞語**（Valenciano）（被認為是加泰隆尼亞語的分支，地圖右側黃色部份）

（v）**穆爾西亞語**（Murciano, panocho）（在穆爾西亞，地圖右下橘紅色部份）

（vi）**加那利語**（Canario）（在加那利群島，地圖裡左下方離島）

（vii）**安達盧西亞語**（Andaluz）（在安達盧西亞，地圖紅色部份）

Además, se habla dialectos en diferentes lugares:

(i) **Astur-leonés (bable)**: Hablado en zonas rurales de Salamanca, Zamora, León, Palencia y Valladolid y partes de Asturias.

(ii) **Aragonés**: En Huesca y Zaragoza

(iii) **Extremeño**: En Extremadura.

(iv) **Valenciano**: Se considera dialecto del catalán, también se habla en las Islas Baleares.

(v) **Murciano (panocho)**: En Murcia.

(vi) **Canario**: En las Islas Canarias.

(vii) **Andaluz**: En Andalucía.

西班牙各地方言分布圖（圖片出處：https://ehlion.com/magazine/spanish-dialects/）

Lección Preparatoria

　　看了這麼多方言，那……我們學的西班牙語到底在哪裡呢？其實今天我們所熟知的西班牙語（español）是西班牙中部卡斯提亞地區的方言（castellano）。它在 15 世紀末被制定為西班牙的官方語言，進而成為國際上所認知的西班牙語。

想聽聽看這些方言嗎？
這裡有喔！

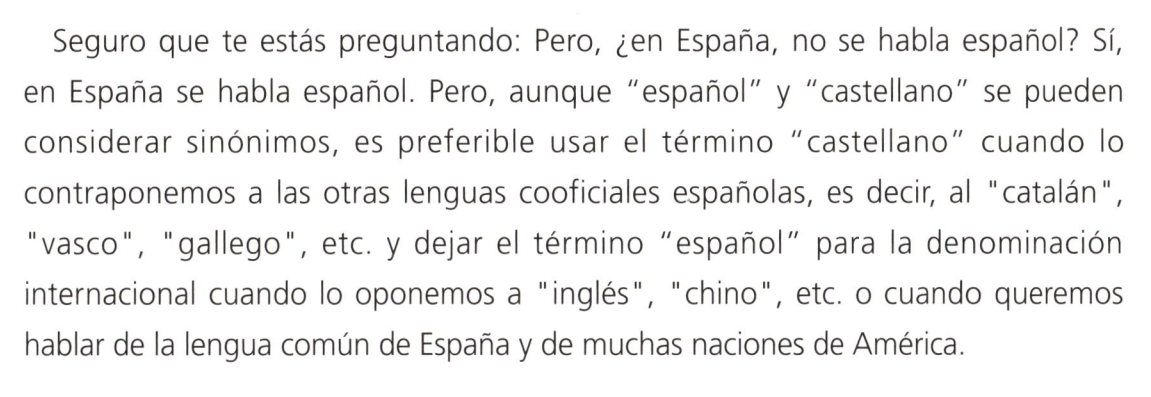

Seguro que te estás preguntando: Pero, ¿en España, no se habla español? Sí, en España se habla español. Pero, aunque "español" y "castellano" se pueden considerar sinónimos, es preferible usar el término "castellano" cuando lo contraponemos a las otras lenguas cooficiales españolas, es decir, al "catalán", "vasco", "gallego", etc. y dejar el término "español" para la denominación internacional cuando lo oponemos a "inglés", "chino", etc. o cuando queremos hablar de la lengua común de España y de muchas naciones de América.

¿Quiere escuchar estas lenguas cooficiales?
Aquí las tiene.

Apuntes 筆記

Lección 1
Explorando Tu Origen y Procedencia

第 1 課
探索你的家族起源

Contenido

1. El verbo *ser*
2. El verbo *hablar*
3. Género y número de los adjetivos
4. Vocabulario de países, nacionalidades e idiomas

在這一課，你將會學到：

1. 「ser」的動詞變化與用法
2. 「hablar」的動詞變化與用法
3. 形容詞的詞性和單複數變化
4. 國家、國籍、語言相關單字

Lección 1

　　我們在前一課學到了一些簡單的招呼語。在和外國朋友交流時,我們常常會介紹自己,也會好奇對方是從哪裡來。在這一課中,我們來學如何介紹自己以及說明自己從哪裡來。我們先來看一段課文對話。

　　En la lección anterior, aprendimos algunos saludos simples. Al interactuar con amigos extranjeros, a menudo nos presentamos y también sentimos curiosidad por saber de dónde vienen. En esta lección, vamos a aprender cómo presentarnos y cómo expresar nuestro origen. Primero, vamos a ver el diálogo.

1 Diálogo y vocabulario | 課文與字彙

1.1 Diálogo | 課文對話　　　　　　　　▶ MP3-08

María: Hola, ¿quiénes sois?
Pedro: Yo soy Pedro y ella es Marta.
María: Encantada, soy María y soy argentina. ¿De dónde sois?
Pedro: Somos de México.
María: ¿Qué lenguas habláis?
Pedro: Hablamos español e inglés. ¿Y tú?
María: Hablo español y alemán.

María：妳們好,請問你們是誰?
Pedro：我是 Pedro,她是 Marta。
María：很高興認識你們,我是 María,我是阿根廷人。你們從哪裡來?
Pedro：我們來自墨西哥。
María：你們會說什麼語言?
Pedro：我們會說西班牙語和英語。那妳呢?
María：我會說西班牙語和德語。

-50-

1.2 Vocabulario ｜ 單字

MP3-09

Español 西班牙語	Traducción en chino 中文
quién / quiénes	誰（單數形 / 複數形）
México	墨西哥
qué	什麼
lengua / lenguas	語言（單數形 / 複數形）
español	西班牙語
inglés	英語
¿Y tú?	那你呢？
alemán	德語

2 El verbo *ser* | 「Ser」的變化與用法

在上面的對話中,我們看到了介紹自己的句型「soy María.」(我是 María。)。「soy」(我是)是一個動詞,它的原型是「ser」(是)。每一個動詞皆有其原型,在句子中,動詞必須隨著六個人稱來變化。以下是動詞「ser」的動詞變化:

▶ MP3-10

Persona 人稱	ser (是)
Yo (我)	soy
Tú (你)	eres
Él / Ella / Usted (他 / 她 / 您)	es
Nosotros / Nosotras (我們)	somos
Vosotros / Vosotras (你們)	sois
Ellos / Ellas / Ustedes (他們 / 她們 / 您們)	son

動詞「ser」通常用來表示人、事、物的特質,所以我們用它來表現自己的名字或國籍。例如:

(1) <u>Soy</u> Sofía.(我是 Sofía。)

(2) <u>Soy</u> argentina.(我是阿根廷人。)

En la conversación anterior, vimos la estructura de la oración "soy María" para presentarnos. El infinitivo de "soy" es "ser". Cada verbo tiene su infinitivo y en una oración el verbo debe conjugarse en una de sus seis personas. Esta es la conjugación del verbo "ser":

	ser
Yo	soy
Tú	eres
Él / Ella / Usted	es
Nosotros / Nosotras	somos
Vosotros / Vosotras	sois
Ellos / Ellas / Ustedes	son

El verbo "ser" suele utilizarse para expresar las características de personas, animales y cosas. Por eso, lo usamos para expresar nuestro nombre o nacionalidad, como en los ejemplos (1) y (2).

(1) **Soy** Sofía.
(2) **Soy** argentina.

Lección 1

　　這裡要釐清一個關於西班牙語的小小誤會。大家可能聽過「西班牙語沒有主詞」這樣的傳聞。如同所見，其實西班牙語不是沒有主詞，而是因為每個主詞都有它專屬的動詞變化，所以很多時候主詞代名詞（如：Yo、Tú、Él 等）就被省略了。但是，主詞代名詞還是有其必要性。當我們需要釐清句子的主詞是誰，或是強調句子所描述的特質屬於哪一位時，還是會把主詞代名詞和動詞一起使用的。我們來看看下的例子：

　　(3) María: Hola, ¿quiénes sois?（妳們好，請問妳們是誰？）

　　　　Pedro: <u>Yo</u> soy Pedro y <u>ella</u> es Marta.（我是 Pedro，她是 Marta。）

　　在對話中，María 問了「¿quiénes sois?」（請問妳們是誰？），Pedro 回答時，用了主詞代名詞「Yo」和「ella」來區分兩個人的名字。此外，使用主詞代名詞也有強調的意思：「我是 Pedro，而她和我不同，她是 Marta。」

A continuación, vamos a aclarar un pequeño malentendido sobre el español. Seguramente habrás oído el rumor de que "el español no tiene pronombre de sujeto". Al ver los ejemplos anteriores podrías pensar que realmente el español no tiene pronombres de sujeto. Entonces, ¿dónde está el malentendido?

Pues, en que, aunque casi siempre eliminamos los pronombres de sujeto (como: Yo, Tú, Él..., etc.), podemos saber gracias a la conjugación del verbo a qué persona se refiere.

No obstante, los pronombres de sujeto siguen siendo necesarios. Cuando necesitamos aclarar quién es el sujeto de una oración, o enfatizar a quién pertenecen las características descritas en la oración, entonces usamos un pronombre de sujeto y el verbo conjugado juntos. Echemos un vistazo al ejemplo (3).

(3) María: Hola, ¿quiénes sois?

Pedro: **Yo** soy Pedro y **ella** es Marta.

Durante la conversación, María preguntó ¿quiénes sois? y Pedro respondió usando los pronombres de sujeto "Yo" y "ella" para distinguir los dos nombres. Además, el uso del pronombre de sujeto también le da un sentido de énfasis: yo soy Pedro, y ella, a diferencia de mí, es Marta.

◆ **Ejercicio 1 互動小習題 1**

請將動詞變化和適當的人稱配對

（請掃描 QR code）

3　Conjugación y uso de *"hablar"* |「Hablar」的變化和用法

在對話中，我們看到了表示自己說什麼語言的「Hablamos español e inglés.」（我們會說西班牙語和英語。）。句子裡的動詞「hablar」（說）後面通常會加上語言，用來表示會說哪些語言。其變化如下：

MP3-11

Persona 人稱	hablar （說）
Yo	hablo
Tú	hablas
Él / Ella / Usted	habla
Nosotros / Nosotras	hablamos
Vosotros / Vosotras	habláis
Ellos / Ellas / Ustedes	hablan

En la conversación vemos "Hablamos español e inglés" para indicar qué idiomas hablamos. Para indicar el idioma que se habla hay que conjugar el verbo "hablar" y poner detrás el nombre del idioma que hablamos. El verbo "hablar" se conjuga de la siguiente manera:

	hablar
Yo	hablo
Tú	hablas
Él / Ella / Usted	habla
Nosotros / Nosotras	hablamos
Vosotros / Vosotras	habláis
Ellos / Ellas / Ustedes	hablan

◆ **Ejercicio 2 互動小習題 2**

請選出正確的動詞變化

（請掃描 QR code）

Lección 1

4　Estructura de la oración | 句型

4.1 ¿De dónde ＋「ser」動詞變化？（…從哪裡來？）

　　句子開頭的「de」在這個句型的用「從……來」的意思，類似英文的「from」。「dónde」是一個疑問詞，意思是「哪裡」。我們會用這個句子來詢問別人從哪裡來，是哪國人。例如：

　　（4）¿De dónde eres?（你從哪裡來 / 你是哪國人？）

　　（5）¿De dónde es Carlos?（Carlos 從哪裡來 / Carlos 是哪國人？）

4.2「ser」動詞變化＋國籍形容詞（是…人）

　　當別人問你，「¿De dónde eres?」時，我們會用「ser 動詞變化＋國籍形容詞」（是…人）的句型來回答。例如：

　　（6）Ana: ¿De dónde eres?（你是哪國人？）

　　　　 Carlos: Soy español.（我是西班牙人。）

　　國籍形容詞必須隨著主詞的性別和單複數來變化，詳細的規則我們會在文法的部分解說。

4.1 ¿De dónde + conjugación del verbo "ser"?

La palabra que está al principio de la oración "de...", en este uso, es similar a "from" en inglés. "Dónde" es una palabra interrogativa que pregunta por el lugar. Usamos esta oración para preguntar a otros de dónde son, es decir, de qué país son, como hemos presentado en los ejemplos (4) y (5).

(4) ¿**De dónde** eres?

(5) ¿**De dónde** es Carlos?

4.2 Conjugación del verbo "ser" + adjetivo de nacionalidad

Cuando alguien te pregunta, ¿De dónde eres?, podemos utilizar la siguiente estructura oracional: "conjugación verbal de ser + adjetivo de nacionalidad (es...persona)", como en el ejemplo (6).

(6) Ana: ¿De dónde eres?
    Carlos: **Soy** español.

Los adjetivos de nacionalidad deben cambiar según el género (femenino o masculino) y el número (singular o plural) del sujeto. Explicaremos las reglas detalladamente en la sección de gramática.

4.3「ser」動詞變化＋ de ＋國家 / 地方（來自⋯）

我們也可以用「ser 動詞變化＋ de ＋國家 / 地方」（來自⋯）表達自己來自哪個國家 / 地方。例如：

（7）<u>Somos de</u> México.（我們來自墨西哥。）

（8）<u>Soy de</u> Kaohsiung.（我來自高雄。）

這個句型除了可以用來表示國籍外，也可以像例句（8）在「de」的後面加上城市或地方的名字來表達自己來自哪個城市或地方。在西班牙語中，只有國家名稱或地名的第一個字母需要大寫，語言和表示國籍的形容詞的第一個字不需要大寫。

另外，我們在用這個句型的時候常常忘記了介係詞「de」（從⋯）。大家千萬不能說＊「Soy Kaohsiung.」因為這句話表示你本人是高雄，換句話說，高雄是你的名字或你是高雄這個城市。這是初學者常犯的錯誤，容易造成誤會，請大家一定要注意。

4.3 Conjugación del verbo "ser" + de + país / lugar (de procedencia...)

También podemos usar la conjugación del verbo "ser" + de + país/lugar (de procedencia...) para expresar de qué país/lugar somos, como en el ejemplo (8).

(7) Somos de México.
(8) Soy de Kaohsiung.

Además de usarse para expresar nacionalidad, esta estructura oracional también se puede usar para expresar de qué ciudad o lugar eres agregando el nombre de la ciudad o lugar detrás de "de" como en la oración del ejemplo (8). En español, solo se debe escribir en mayúscula la primera letra del nombre de un país o lugar, no la primera letra de un idioma ni de los adjetivos que indiquen nacionalidad.

¡Ojo!, nosotros (los taiwaneses) a menudo olvidamos la preposición "de" cuando usamos esta estructura oracional. Nadie debe decir: *"Soy Kaohsiung". Porque esta frase significa que "tú eres la ciudad de Kaohsiung" o que "Kaohsiung" es tu nombre. Este es un error común que cometen los principiantes y puede llevar fácilmente a malentendidos, así que ten cuidado.

◆ **Ejercicio 3　互動小習題 3**

請把文字排列成正確的順序
（請掃描 QR code）

Lección 1

4.4 ¿Qué lenguas ＋「hablar」動詞變化？（會說什麼語言？）

這個句子是用來詢問別人會說什麼語言。「Qué」（什麼）是疑問詞，後面加上「lenguas」（語言）。例如：

(9) ¿<u>Qué lenguas</u> habláis?（妳們會說什麼語言？）

(10) ¿<u>Qué lenguas</u> hablas?（你會說什麼語言？）

4.5「hablar」動詞變化＋語言（會說⋯語言）

回答句型 4.4 的問題時，我們會用「Hablar 動詞變化＋語言」（會說⋯語言）的句型來表示會說什麼語言。例如：

(11) <u>Hablamos</u> español e inglés.（我們會說西班牙語和英文。）

(12) <u>Hablo</u> chino y francés.（我會說中文和法文。）

在這裡補充說明例句（11）裡的連接詞「e」（和）跟（12）的「y」（和）有什麼不同。既然這二個字都是連接詞，意思也一樣，那他們有什麼區別呢？通常表示二者一起的連接詞是「y」，但是如果當「y」後面出現的單字是「i」或是「hi」開頭時，就要把「y」換成「e」來避免二個同樣的聲音（y＋i / hi）連在一起。例句（11）連接詞後面出現的單字「inglés」（英文）為「i」開頭，所以把原本的連接詞「y」改成「e」。

4.4 ¿Qué lenguas + conjugación del verbo "hablar"?

Este tipo de oración se utiliza para preguntar qué lenguas habla otra persona. "Qué" es un pronombre interrogativo que se coloca seguido de "lenguas". Los ejemplos están presentados en (9) y (10).

(9) ¿**Qué lenguas** habláis?

(10) ¿**Qué lenguas** hablas?

4.5 Conjugación del verbo "hablar" + lengua

Para responder a la pregunta explicada en el apartado 4.4, utilizamos la estructura: Hablar (conjugación del verbo) + el nombre de la lengua para indicar qué lenguas habla la persona, como en los ejemplos (11) y (12).

(11) **Hablamos** español e inglés.

(12) **Hablo** chino y francés.

Aquí se explican los conectores "**e**" (y) en el ejemplo (11) e "**y**" (y) en el ejemplo (12). Dado que ambos son conectores y tienen el mismo significado, ¿cuál es la diferencia entre ellos? Normalmente, el conector que se utiliza para unir dos elementos es **y**, pero si la palabra que sigue a "**y**" comienza con "**i**" o "**hi**", se debe cambiar "**y**" por "**e**" para evitar la repetición de sonidos similares (y + i/hi). En el ejemplo (11), la palabra que sigue al conector es **inglés**, que empieza con "**i**", por lo que se cambia el conector "**y**" por "**e**".

◆ **Ejercicio 4　互動小習題 4**

請判斷句子是否正確

（請掃描 QR code）

Lección 1

5　Explicación gramatical｜文法解說

在課文對話和句型中，我們看到了國籍形容詞，如：「argentina」（阿根廷人）、「español」（西班牙人）。西班牙語的形容詞必須隨著所修飾的名詞的陰陽性和單複數來變化。例如：

（13）Sonia es <u>española</u>.（Sonia 是西班牙人。）

（14）Sonia y Rosa son <u>españolas</u>.（Sonia 和 Rosa 是西班牙人。）

（15）Pedro es <u>español</u>.（Pedro 是西班牙人。）

（16）Pedro y Juan son <u>españoles</u>.（Pedro 和 Juan 是西班牙人。）

以上 4 個例句中，我們看到了「español」（西班牙人 / 西班牙的）的 4 種型態。例句（13）的主詞是 Sonia，這是一個女生的名字，所以修飾 Sonia 的形容詞「española」（西班牙人 / 西班牙的）必須使用陰性單數的型態。例句（14）的主詞是 Sonia y Rosa，這是二個女生的名字，所以修飾她們的形容詞必須使用陰性複數的「españolas」（西班牙人 / 西班牙的）。而（15）的主詞是 Pedro，這是一個男生的名字，所以我們用陽性單數的形容詞「español」（西班牙人 / 西班牙的）來形容他。例句（16）的主詞是 Pedro y Juan，這是二個男生的名字，所以我們使用陽性複數的「españoles」（西班牙人 / 西班牙的）。

西班牙語的形容詞和其所修飾的名詞在詞性和單複數上必須一致是非常重要的觀念，因為中文裡沒有這樣的特徵，所以中文母語的學習者常常會忘記維持詞性和單複數的一致性，請大家一定要注意喔！很多西語學習者覺得形容詞的變化很困難，其實西班牙語的形容詞變化有一定的規則可循，只要掌握以下的規則，就能流暢地變化形容詞的各種形態了。

En los diálogos y estructuras del texto, hemos visto adjetivos de nacionalidad, como argentina y español. En español, los adjetivos deben concordar en género y número con el sustantivo que modifican.

(13) Sonia es **española**.
(14) Sonia y Rosa son **españolas**.
(15) Pedro es **español**.
(16) Pedro y Juan son **españoles**.

En los cuatro ejemplos anteriores, hemos visto las cuatro formas del adjetivo español. En el ejemplo (13), el sujeto es "Sonia", que es un nombre femenino, por lo que el adjetivo que modifica a "Sonia" debe tener la forma femenina singular: española. En el ejemplo (14), el sujeto es "Sonia y Rosa", que son dos nombres femeninos, así que el adjetivo que las modifica debe estar en la forma femenina plural: españolas. En el ejemplo (15), el sujeto es "Pedro", que es un nombre masculino, por lo que usamos la forma masculina singular del adjetivo: "español" para describirlo. En el ejemplo (16), el sujeto es "Pedro y Juan", que son dos nombres masculinos, así que usamos la forma masculina plural del adjetivo: españoles.

Es muy importante tener en cuenta que los adjetivos en español deben concordar en género y número con el sustantivo que modifican, ya que en chino no existe esta característica. Por lo tanto, los hablantes nativos de chino a menudo olvidan mantener la concordancia en género y número. ¡Por favor, asegúrense de prestar atención a esto! Muchos estudiantes de español encuentran difíciles las variaciones de los adjetivos, pero en realidad, las variaciones de los adjetivos en español siguen reglas específicas. Si dominan las siguientes reglas, podrán cambiar fácilmente las distintas formas de los adjetivos.

Lección 1

5.1 形容詞的陰陽性變化

形容詞的陰陽性變化分為三類：

（i）母音「o」結尾改為「a」

這一類的形容詞陽性單數結尾為「o」，陰性單數將「o」由「a」取代。

Vocabulario de nacionalidades (1): Cambio de la terminación "o" en "a"
國籍形容詞（1）：母音「o」結尾改為「a」　▶ MP3-12

País en chino 國家	País en español 西班牙語國名	Nacionalidad (masculino) 國籍形容詞（男性）	Nacionalidad (femenino) 國籍形容詞（女性）	Lengua 語言
阿根廷	Argentina	argentino	argentina	español
奧地利	Austria	austriaco	austriaca	alemán
澳洲	Australia	australiano	australiana	inglés
玻利維亞	Bolivia	boliviano	boliviana	español
巴西	Brasil	brasileño	brasileña	portugués
智利	Chile	chileno	chilena	español
中國	China	chino	china	chino
哥倫比亞	Colombia	colombiano	colombiana	español
韓國	Corea del Sur	coreano	coreana	coreano
北韓	Corea del Norte	norcoreano	norcoreana	coreano
古巴	Cuba	cubano	cubana	español

5.1 Cambios de género de los adjetivos

Los cambios de género de los adjetivos se dividen en tres categorías:

(i) Cambio de la terminación "o" en "a"

Esta categoría incluye adjetivos que en singular masculino terminan en "o", y su forma en singular femenino se obtiene reemplazando "o" por "a".

País en chino 國家	País en español 西班牙語國名	Nacionalidad (masculino) 國籍形容詞（男性）	Nacionalidad (femenino) 國籍形容詞（女性）	Lengua 語言
厄瓜多	Ecuador	ecuatoriano	ecuatoriana	español
薩爾瓦多	El Salvador	salvadoreño	salvadoreña	español
埃及	Egipto	egipcio	egipcia	árabe
菲律賓	Filipinas	filipino	filipina	inglés/ tagalo
希臘	Grecia	griego	griega	griego
墨西哥	México	mexicano	mexicana	español
挪威	Noruega	noruego	noruega	noruego
巴勒斯坦	Palestina	palestino	palestina	árabe
巴拿馬	Panamá	panameño	panameña	español
巴拉圭	Paraguay	paraguayo	paraguaya	español
秘魯	Perú	peruano	peruana	español

Lección 1

País en chino 國家	País en español 西班牙語國名	Nacionalidad (masculino) 國籍形容詞（男性）	Nacionalidad (femenino) 國籍形容詞（女性）	Lengua 語言
波多黎各	Puerto Rico	puertorriqueño	puertorriqueña	español
多明尼加	La República Dominicana	dominicano	dominicana	español
俄羅斯	Rusia	ruso	rusa	ruso
南非	Sudáfrica	sudafricano	sudafricana	inglés
瑞典	Suecia	sueco	sueca	sueco
瑞士	Suiza	suizo	suiza	francés/ alemán/ inglés/ italiano
烏拉圭	Uruguay	uruguayo	uruguaya	español
委內瑞拉	Venezuela	venezolano	venezolana	español

Apuntes 筆記

（ii）子音結尾加上「a」

如果陽性單數形容詞是子音結尾，陰性直接在結尾加上 a。這類形容詞的變化要注意重音標記。當陽性單數形容詞在最後一個音節有重音標記時，變為陰性時則沒有重音標記，例如：「alemán」（男德國人）、「alemana」（女德國人）

Vocabulario de nacionalidades (2): Terminaciones en consonante + "a"

國籍形容詞（2）：子音結尾加上「a」　　▶ MP3-13

País en chino 國家	País en español 西班牙語國名	Nacionalidad (masculino) 國籍形容詞（男性）	Nacionalidad (femenino) 國籍形容詞（女性）	Lengua 語言
德國	Alemania	alemán	alemana	alemán
丹麥	Dinamarca	danés	danesa	danés
西班牙	España	español	española	español
芬蘭	Finlandia	finlandés	finlandesa	finés
法國	Francia	francés	francesa	francés
英國	Inglaterra/Reinos Unidos	inglés	inglesa	inglés
愛爾蘭	Irlanda	irlandés	irlandesa	inglés
冰島	Islandia	islandés	islandesa	islandés
日本	Japón	japonés	japonesa	japonés
紐西蘭	Nueva Zelanda	neozelandés	neozelandesa	inglés
荷蘭	Países Bajos	holandés	holandesa	holandés

(ii) Terminaciones en consonante + "a"

Si un adjetivo masculino singular termina en consonante, la forma femenina se forma simplemente añadiendo "a" al final. Es importante tener en cuenta las tildes en este tipo de adjetivos. Cuando un adjetivo masculino singular tiene una tilde en la última sílaba, al cambiar a la forma femenina se elimina la tilde. Por ejemplo: **alemán** se convierte en **alemana**.

País en chino 國家	País en español 西班牙語國名	Nacionalidad (masculino) 國籍形容詞（男性）	Nacionalidad (femenino) 國籍形容詞（女性）	Lengua 語言
葡萄牙	Portugal	portugués	portuguesa	portugués
臺灣	Taiwán	taiwanés	taiwanesa	chino/ taiwanés
泰國	Tailandia	tailandés	tailandesa	tailandés

(iii) -a, -e 或 -í 結尾，陰陽性同型

如果陽性單數形容詞是 -a, -e 或 -í 結尾，陰性單數形容詞維持同一型態，不需要變化。

Vocabulario de nacionalidades (3): Terminaciones en -a, -e o -í, sin cambio de forma

國籍形容詞（3）：母音「-a / -e / -í」結尾，陰陽性不變　▶ MP3-14

País en chino 國家	País en español 西班牙語國名	Nacionalidad (masculino) 國籍形容詞（男性）	Nacionalidad (femenino) 國籍形容詞（女性）	Lengua 語言
比利時	Bélgica	belga	belga	francés / alemán
加拿大	Canadá	canadiense	canadiense	Inglés / francés
哥斯大黎加	Costa Rica	costarricense	costarricense	español
美國	Estados Unidos	estadounidense	estadounidense	inglés
伊拉克	Irak	iraquí	iraquí	árabe
伊朗	Irán	iraní	iraní	árabe
以色列	Israel	israelí	israelí	árabe / hebreo
摩洛哥	Marruecos	marroquí	marroquí	árabe
尼加拉瓜	Nicaragua	nicaragüense	nicaragüense	español
越南	Vietnam	vietnamita	vietnamita	vietnamita

(iii) Terminaciones en -a, -e o -í, sin cambio de forma

Si un adjetivo masculino singular termina en -a, -e o -í, la forma femenina es idéntica a la masculina y no requiere cambios.

◆ **Ejercicio 5　互動小習題 5**

請把句子和正確的國籍形容詞配對

（請掃描 QR code）

5.2 形容詞單複數變化

形容詞的單複數變化也分為三類：

（i）單數為子音結尾，複數加 -es，例如：español（一個西班牙男生）、españoles（好幾個西班牙男生）。

（ii）單數為母音結尾，複數加 -s，例如：argentina（一個阿根廷女生）、argentinas（好幾個阿根廷女生）。

（iii）單數結尾是 -í 或 -ú，複數加 -es，例如：marroquí（一個摩洛哥人）、marroquíes（好幾個摩洛哥人）。雖然也有人在複數形只加 -s，例如：marroquís，但這個型態較不常用。此外，在這一類的形容詞中，加 -es 的複數形態被認為是較文雅的用法。

5.2 Cambios de singular a plural en los adjetivos

Los cambios de singular a plural en los adjetivos también se dividen en tres categorías:

(i) Singular con terminación en consonante, plural con **-es**. Por ejemplo: **españo<u>l</u>** (un chico español) se convierte en **españoles** (varios chicos españoles).

(ii) Singular con terminación en vocal, plural con **-s**. Por ejemplo: **argentin<u>a</u>** (una chica argentina) se convierte en **argentinas** (varias chicas argentinas).

(iii) Singular con terminación en **-í** o **-ú**, plural con **-es**. Por ejemplo: **marroquí** (una persona marroquí) se convierte en **marroquíes** (varias personas marroquíes). Aunque algunas personas también usan **-s** en el plural, como en **marroquís**, esta forma es menos común. Además, en esta categoría de adjetivos, el plural con **-es** se considera de un uso más elegante.

◆ **Ejercicio 6 互動小習題 6**

請選出正確的國籍形容詞

（請掃描 QR code）

Lección 1

Ejercicios Orales
口語練習

Actividad 1: Conocer a tus compañeros
活動 1：認識新朋友

Indicación: Cada estudiante entrevista a dos compañeros y apunta las informaciones en el siguiente cuadro.

活動說明：請每個人訪問二位同學，並在下表紀錄他們的資訊。

	Compañero 1 同學 1	**Compañero 2** 同學 2
Nombre 名字		
Apellido(s) 姓		
Nacionalidad 國籍		
Lenguas 語言		

Ejemplo de preguntas y respuestas
對話範例

Estudiante A: Hola, ¿Cómo te llamas?
學生 A：嗨！你叫什麼名字？

Estudiante B: Me llamo Pedro.
學生 B：我叫 Pedro（佩德羅）。

Estudiante A: ¿De dónde eres?
學生 A：你是哪國人？

Lección 1

Estudiante B: Soy español. Soy de Madrid.
學生 B：我是西班牙人，我來自馬德里。

Estudiante A: ¿Qué lenguas hablas?
學生 A：你會說什麼語言？

Estudiante B: Hablo español e inglés. ¿Y tú?
學生 B：我會說西班牙語和英語。你呢？

Estudiante A: Yo hablo chino y un poco de español.
學生 A：我會說中文和一點點西班牙語。

Actividad 2: ¿Quién soy yo?
活動 2： 猜猜我是誰

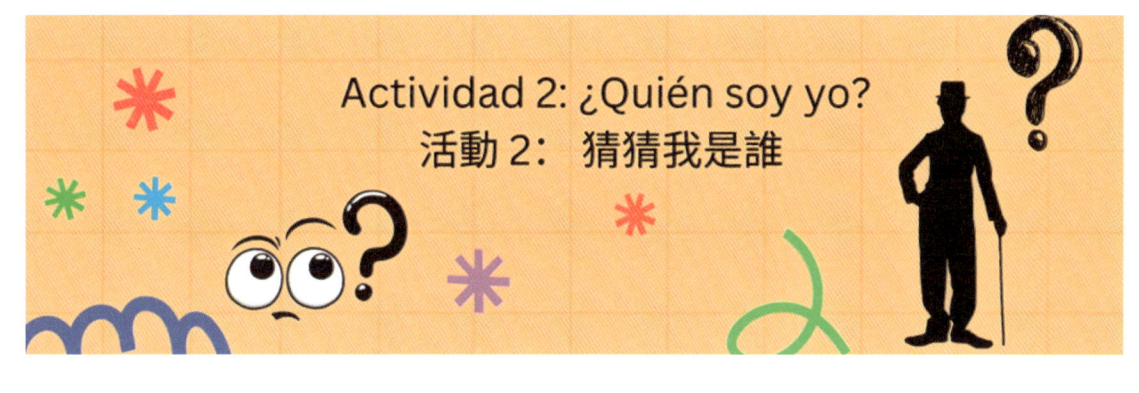

Indicaciones:

1. El profesor asigna a cada estudiante la información de una celebridad y presenta la información de todas las celebridades a la clase.
2. Cada estudiante responde a tres preguntas de la clase sobre la celebridad que tiene, pero no puede preguntar su nombre ni su apellido.
3. Según las respuestas, se dice quién es la celebridad.
4. El estudiante que adivine la mayor cantidad de celebridades correctamente recibirá un premio.

活動說明：

1. 老師給每位同學一位名人的資料，同時也將所有名人的資料呈現給全班同學。
2. 每位同學接受全班訪問三個關於該位名人的問題，但不可以問姓名。
3. 要根據回答說出是哪位名人。
4. 猜對最多名人的同學有獎勵。

Lección 1

Ejemplo de preguntas y respuestas
對話範例

Estudiante B: ¿Es de Colombia?
學生 B：他是哥倫比亞人嗎？

Estudiante A: No, es de España.
學生 A：不，他是西班牙人。

Estudiante C: ¿Habla español?
學生 C：他會說西班牙語嗎？

Estudiante A: Sí, habla español.
學生 A：是的，他會說西班牙語。

Estudiante D: ¿Habla francés?
學生 D：他會說法語嗎？

Estudiante A: No, no habla francés.
學生 A：不，他不會說法語。

Estudiante D: ¿Es Rafa Nadal?
學生 D：他是 Rafa Nadal 嗎？

Estudiante A: Sí.
學生 A：對。

Lección 1

Notas culturales
文化小知識

你們知道，大家常常聽到的「拉丁美洲」國家大部分都說西班牙語嗎？除了西班牙，中南美洲也有很多國家說西班牙語。

其實「拉丁美洲」指的是美洲大陸上所有說拉丁語系語言的國家，除了西班牙語，也包含說法語（法屬圭亞那、海地、法屬加勒比海）和葡萄牙語（巴西）的國家。美洲大陸上以西班牙語為主要語言的國家通常被稱為西班牙美洲（Hispanoamérica）。

那麼，這些國家所使用的西班牙語都一樣嗎？就如同華語圈的各個國家在華語的用語和發音上有所差異，各國的西班牙語也略有不同。例如，在西班牙，果汁是「zumo」。但是在美洲，果汁是「jugo」。還記得我們學過字母「C」的發音嗎？在美洲的部分國家，「C」不發咬舌音 [θ] 而是發成「s」。而也有地方將「s」發成咬舌音 [θ]。還有，我們學過的「你們 / 妳們」（Vosotros / Vosotras）這個人稱在美洲也不常見，取而代之的是「您們」（Ustedes）。

想聽聽看各國不同的西班牙語嗎？
請掃描 QR code

(¿RECUERDAS?)

Seguro que te estás preguntando: Pero, ¿en España, no se habla español?

Sí, en España se habla español. Pero, aunque "español" y "castellano" se pueden considerar sinónimos, es preferible usar el término "castellano" cuando lo contraponemos a las otras lenguas cooficiales españolas, es decir, al catalán, vasco, gallego, etc. y dejar el término "español" para la denominación internacional cuando lo oponemos a inglés, chino, etc. o cuando queremos hablar de la lengua común de España y de muchas naciones de América.

Igual que hemos aprendido a diferenciar entre "español" y "castellano", ahora debemos aprender la diferencia entre "Hispanoamérica" y "Latinoamérica".

"Hispanoamérica" se refiere al conjunto de países americanos cuya lengua oficial es el español.

"Latinoamérica", según el *DPD*: "engloba el conjunto de países del continente americano en los que se hablan lenguas derivadas del latín (español, portugués y francés), en oposición a la América de habla inglesa".

En Hispanoamérica, además del español se siguen hablando las lenguas de los indígenas.

Zumo y jugo no significan lo mismo en España y en Hispanoamérica.

	España	**Hispanoamérica**
jugo	Cuando partas una pitaya roja ten cuidado con su jugo porque mancha mucho.	Cuando partas una pitaya roja ten cuidado con su zumo porque mancha mucho.
zumo	En el desayuno tomo un zumo de naranja.	En el desayuno tomo un jugo de naranja.

Lección 1

En algunas zonas, tanto en España como en Hispanoamérica, hay "ceceo" o "seseo".

Repasamos la pronunciación de las letras "s", "c" y "z": ▶ MP3-15

Sílaba	Sonido	Sílaba	Sonido
Sa, se, si, so, su	[sa]…	Ca, co, cu	[ka], [ko], [ku]
Za, ze, zi, zo, zu	[θa]…	Ce, ci	[θe] [θi]

"Ceceo", según el DLE es: "Pronunciar con un sonido ciceante el fonema representado por las letras s, z o c seguida de e o i." Es decir, los ceceantes pronuncian las letras "s", "c" y "z" así: ▶ MP3-16

Sílaba	Sonido	Sílaba	Sonido
Sa, se, si, so, su	[θa]…	Ca, co, cu	[ka], [ko], [ku]
Za, ze, zi, zo, zu	[θa]…	Ce, ci	[θe] [θi]

"Seseo", según el DLE es: Pronunciar con algún alófono de /s/ el fonema representado por las letras s, z o c seguida de e o i. ▶ MP3-17

Sílaba	Sonido	Sílaba	Sonido
Sa, se, si, so, su	[sa]…	Ca, co, cu	[ka], [ko], [ku]
Za, ze, zi, zo, zu	[sa]…	Ce, ci	[se] [si]

Aquí tienes un video donde te explican el ceceo y el seseo.

Lección 2
Información Personal y Profesiones

第 2 課
三百六十行，你是哪一行？

Contenido

1. Los artículos
2. Vocabulario de profesiones
3. Presentar su apellido, nombre y profesión

在這一課，你將會學到：

1. 冠詞的用法
2. 關於職業的字彙
3. 姓氏及職業的表達方式

Lección 2

我們常說,「三百六十行,行行出狀元」。我們熟悉的職業在西班牙語中是如何表達的呢?在這一課,我們來聊聊大家的職業。

Los taiwaneses dicen: "三百六十行,行行出狀元", que traducido literalmente sería: "En cualquier profesión, se puede sobresalir." En español hay un refrán parecido: "No hay oficio sin provecho."

¿Cómo se expresan las profesiones en español? En esta lección, aprenderemos diferentes carreras y oficios.

1 Diálogo y vocabulario | 課文與字彙

1.1 Diálogo | 課文對話

▶ MP3-18

María: ¡Hola! ¿Cómo te llamas?
Pedro: Me llamo Pedro.
María: Hola, Pedro. Soy María, encantada.
Pedro: Encantado. María, ¿cómo te apellidas?
María: Me apellido López. ¿Cuál es tu apellido?
Pedro: Mi apellido es Rodríguez.
María: ¿Qué eres?
Pedro: Soy estudiante. Estudio en la Universidad de Taiwán. ¿Y tú?
María: Soy secretaria y trabajo en una empresa.

María:嗨!你叫什麼名字?
Pedro:我叫佩德羅。
María:嗨,佩德羅,我是瑪莉亞,很高興認識你。
Pedro:很高興認識妳。瑪莉亞,請問妳貴姓?
María:我姓羅培茲。請問你貴姓?
Pedro:我姓羅德里格斯。

María：你從事什麼行業？
Pedro：我是學生。我在臺灣大學讀書。妳呢？
María：我是祕書，我在一家公司上班。

1.2 Vocabulario ｜ 單字   MP3-19

Español 西班牙語	Traducción en chino 中文
encantado / a	幸會 / 很高興認識你
cuál	哪一個
tu	你的
apellido	姓氏
mi	我的
estudiante	學生
universidad	大學
secretaria	祕書
empresa	公司

Lección 2

2 Explicación gramatical ｜ 文法解說

2.1 冠詞的種類和用法

相信學過英文的人，對「冠詞」這個名詞並不陌生。西班牙語和英文一樣，有定冠詞（類似英文的 the）和不定冠詞（類似英文的 a 和 an）。和英文不同的是，因為西班牙語的名詞有詞性和單複數變化，所以冠詞也必須跟著變化。冠詞放在名詞的前面，它的詞性和單複數必須和後面的名詞一致。我們來看看這二類冠詞的型態和用法。

2.1.1 不定冠詞　　　　　　　　　　　　　　▶ MP3-20

	陽性	陰性
單數	un	una
複數	unos	unas

不定冠詞用來指不特定的人、事、物，例如：

（1）un libro（一本書）

（2）una chica（一個女孩）

（3）unos libros（幾本書）

（4）unas chicas（幾個女孩）

例子（1）和（2）指的可以是任何一本書和任何一個女孩。例子（3）和（4）則是複數的型態，表示「好幾個」。

2.1 Los artículos

Seguro que quienes han estudiado inglés están familiarizados con el término "artículo". El español, al igual que el inglés, tiene un artículo definido (similar al inglés *the*) y un artículo indefinido (similar al inglés a y *an*). A diferencia del inglés, debido a que los sustantivos en español cambian de forma para indicar el género (femenino o masculino) y el número (singular o plural), los artículos también deben cambiar y concordar en género y número con el sustantivo. El artículo se coloca delante del sustantivo, y debe concordar con el sustantivo que le sigue en género (femenino o masculino) y número (singular o plural). Echemos un vistazo a los tipos y usos de estos dos tipos de artículos.

2.1.1 Los artículos indefinidos

	masculino	femenino
singular	un	una
plural	unos	unas

El artículo indefinido se utiliza para referirse a una persona, cosa, evento o animal no especificado, por ejemplo:

(1) un libro
(2) una chica
(3) unos libros
(4) unas chicas

Los ejemplos (1) y (2) podrían referirse a cualquier libro y a cualquier niña. Los ejemplos (3) y (4) son formas plurales y hacen referencia a "varios".

2.1.2 定冠詞

MP3-21

	陽性	陰性
單數	el	la
複數	los	las

定冠詞的功能是指出特定的人、事、物，例如：

(5) el libro（那 / 這本書）

(6) la chica（那 / 這個女孩）

(7) los libros（那 / 這幾本書）

(8) las chicas（那 / 這幾個女孩）

例子 (5) 和 (6) 指的是某一本特定的書和某個特定的女孩，例子 (7) 和 (8) 表現的是某幾本特定的書和某幾個特定的女孩。冠詞的使用規則因架構和表現方式而定，我們將會在後面的課程中詳細說明。

2.1.2 Los artículos indefinidos

	masculino	femenino
singular	el	la
plural	los	las

La función del artículo definido es señalar a una persona, cosa, evento, o animal determinado, por ejemplo:

(5) el libro

(6) la chica

(7) los libros

(8) las chicas

Los ejemplos (5) y (6) se refieren a un libro específico y a una chica específica, y los ejemplos (7) y (8) se refieren a libros específicos y a chicas específicas. Las reglas para el uso de los artículos dependen de la estructura y la expresión, pero esto lo explicaremos en detalle en lecciones posteriores.

2.2 名詞的詞性和單複數變化

2.2.1 名詞的詞性變化

我們在這一課學到介紹自己的職業。我們接著就來看看職業名詞的詞性和單複數變化。依照詞性變化將職業名詞分為三類：

I. 陽性「o」結尾，陰性改為「a[1]」

MP3-22

Masculino 陽性	Femenino 陰性	En chino 中文意思
el abogado	la abogada	律師
el arquitecto	la arquitecta	建築師
el bombero	la bombera	消防員
el biólogo	la bióloga	生物學家
el camarero	la camarera	服務生
el cartero	la cartera	郵差
el científico	la científica	科學家
el cocinero	la cocinera	廚師
el enfermero	la enfermera	護理師
el maestro	la maestra	老師（幼兒園、中小學）
el médico	la médica	醫生

---

[1] El artículo definido en la tabla se usa para indicar la parte del género. En el uso normal, no es necesario usar el artículo definido delante del sustantivo. 表格中的定冠詞是用來標明詞性，平時使用時，名詞前面不一定要使用定冠詞。

2.2 El género y el número de los sustantivos

2.2.1 El género de los sustantivos

En esta lección aprenderemos a presentar nuestra profesión. Echemos un vistazo al género (femenino o masculino) y al número (singular o plural) de los sustantivos ocupacionales. Los sustantivos ocupacionales se dividen en tres categorías según su variación de género:

I. La terminación masculina es "o" y la terminación femenina se cambia a "a"

Masculino	femenino
el abogado	la abogada
el arquitecto	la arquitecta
el bombero	la bombera
el biólogo	la bióloga
el camarero	la camarera
el cartero	la cartera
el científico	la científica
el cocinero	la cocinera
el enfermero	la enfermera
el maestro	la maestra
el médico	la médica
el peluquero	la peluquera
el músico	la música
el ingeniero	la ingeniera
el secretario	la secretaria

*excepciones:

Masculino	femenino
el modelo	la modelo
el piloto	la piloto

Lección 2

Masculino 陽性	Femenino 陰性	En chino 中文意思
el peluquero	la peluquera	髮型師
el músico	la música	音樂家
el ingeniero	la ingeniera	工程師
el secretario	la secretaria	祕書

* 例外：

Masculino 陽性	Femenino 陰性	En chino 中文意思
el modelo	la modelo	模特兒
el piloto	la piloto	飛機駕駛

Apuntes 筆記

Lección 2

II. 陽性子音結尾，陰性加「a」 ▶ MP3-23

Masculino 陽性	Femenino 陰性	En chino 中文意思
el bailarín	la bailarina	舞者
el director	la directora	主管 / 主任
el doctor	la doctora	醫師（用來稱呼對方）
el escritor	la escritora	作家
el pintor	la pintora	畫家
el profesor	la profesora	教授
el traductor	la traductora	翻譯

* 例外： ▶ MP3-24

Masculino 陽性	Femenino 陰性	En chino 中文意思
el actor	la actriz	演員
el chef	la chef	主廚

II. Si el masculino termina en consonante, se añade una "a" a la consonante para formar el femenino

Masculino	femenino
el bailarín	la bailarina
el director	la directora
el doctor	la doctora
el escritor	la escritora
el pintor	la pintora
el profesor	la profesora
el traductor	la traductora

*excepciones:

Masculino	femenino
el actor	la actriz
el chef	la chef

Lección 2

III. -iante / -ista / -eta / -ía 結尾，陰陽性同形 ▶ MP3-25

Masculino 陽性	Femenino 陰性	En chino 中文意思
el artista	la artista	藝術家
el atleta	la atleta	運動員
el cantante	la cantante	歌手
el comerciante	la comerciante	商人
el dentista	la dentista	牙醫
el estudiante	la estudiante	學生
el periodista	la periodista	記者
el poeta	la poeta	詩人
el policía	la policía	警察
el guía	la guía	導遊
el taxista	la taxista	計程車司機

III. La terminación -iante / -ista / -eta / -ía, no cambia, es la misma para el femenino y para el masculino

Masculino	femenino
el artista	la artista
el atleta	la atleta
el cantante	la cantante
el comerciante	la comerciante
el dentista	la dentista
el estudiante	la estudiante
el periodista	la periodista
el poeta	la poeta
el policía	la policía
el guía	la guía
el taxista	la taxista

◆ **Ejercicio 1 互動小習題 1**

請選出與圖片相符的職業

（請掃描 QR code）

2.2.2 名詞的單複數變化

名詞的單複數變化依照字尾分為以下三類：

I. 母音結尾，加上「s」

當單數名詞的結尾是母音（a、e、i、o、u）時，在字尾加上「s」變為複數型態。例如：

(9) un abogado（一位男律師）

(10) unos abogados（好幾位男律師）

(11) una artista（一位女藝術家）

(12) unas artistas（好幾位女藝術家）

II. 子音結尾，加上「es」

當單數名詞為子音結尾時（除了前述的 5 個母音外，其他字母都是子音），在字尾加上「es」變為複數型態。例如：

(13) un profesor（一位男教授）

(14) unos profesores（好幾位男教授）

2.2.2 El número de los sustantivos

Los sustantivos ocupacionales se dividen en tres categorías según los cambios en la parte del número:

I. Si terminan en vocal, se añade una "s"

Cuando un sustantivo singular termina en vocal (a, e, i, o, u), se agrega "s" al final de la palabra para convertirla en plural. Por ejemplo:

(9) un abogado

(10) unos abogados

(11) una artista

(12) unas artistas

II. Si al final hay una consonante, se agrega "es"

Cuando un sustantivo singular termina en consonante (excepto las cinco vocales mencionadas anteriormente, todas las demás letras son consonantes), se agrega "es" al final de la palabra para hacerla plural. Por ejemplo:

(13) un profesor

(14) unos profesores

Lección 2

要注意的是，如果單數名詞有重音標記時，重音標記可能會因為加上「es」字尾而改變。例如：

（15）un bailarín（一位男舞者）

（16）unos bailarines（好幾位男舞者）

在（15）的例子中，因為「n」結尾的單字重音應該在倒數第二音節，這個單字的重音位置沒有遵循重音原則，所以在最後一個音節的「rín」標記重音。當變為複數型時，（16）的單字結尾是「s」，因此重音應該在倒數第二音「ri」，這個單字的重音位置遵循了重音原則，所以不需要重音標記。

當單數的結尾是「z」時，複數型把「z」改為「c」，再加上「es」。例如：

（17）una actriz（一位女演員）

（18）unas actrices（好幾位女演員）

III.「í」或「ú」結尾，加上「es」或「s」

雖然在目前學到的職業名詞中，我們沒有看到這類的單字，但是在其他的名詞裡，有這種類型的單字。例如：

（19）un iraní（一位伊朗人）

（20）unos iraníes（好幾位伊朗人）

（21）unos iranís（好幾位伊朗人）

Cabe señalar que, si un sustantivo singular tiene tilde en la última vocal, esta desaparece al añadir el sufijo "es". Por ejemplo:

(15) un bailarín

(16) unos bailarines

En el ejemplo (15), tenemos una palabra aguda acabada en "n", por eso lleva tilde en "rín". Cuando hacemos el plural, en el ejemplo (16) se convierte en una palabra llana que termina en "s" y el acento está en la penúltima sílaba "ri". Al ser una palabra llana acabada en "s", no lleva tilde.

Cuando un sustantivo singular termina en "z", se cambia la "z" a "c" y se agrega "es", por ejemplo:

(17) una actriz

(18) unas actrices

III. Si la palabra acaba en "í" o "ú", se agrega "es" o "s"

Aunque no hay este tipo de palabras entre los sustantivos ocupacionales que hemos aprendido hasta ahora, existen palabras de este tipo en otros sustantivos. Por ejemplo:

(19) un iraní

(20) unos iraníes

(21) unos iranís

（22）un hindú（一位印度教信徒）

（23）unos hindúes（好幾位印度教信徒）

（24）unos hindús（好幾位印度教信徒）

　　例（19）和（22）的單數型態分別以「í」和「ú」結尾。他們的複數型有兩種變化：在字尾加上「es」，如例（20）和（23）或「s」，如（21）和（24）。這兩種變化都可以使用，嚴格來說，字尾加「es」的型態較文雅，通常用於文章書寫。字尾加「s」的型態較口語，通常使用在日常對話中。

(22) un hindú

(23) unos hindúes

(24) unos hindús

Las formas singulares de los ejemplos (19) y (22) terminan en "í" y "ú" respectivamente. Sus formas plurales tienen dos variaciones: se agrega "es" (como en los ejemplos 20 y 23) o "s" (como en los ejemplos 21 y 24) al final de la palabra. Se pueden utilizar ambas variaciones. Estrictamente hablando, la forma con "es" al final es más formal y suele utilizarse para escribir artículos. La forma con "s" al final es más coloquial y suele utilizarse en conversaciones cotidianas.

◆ **Ejercicio 2　互動小習題 2**

請選出正確的單複數型態

（請掃描 QR code）

Lección 2

3 Estructuras | 句型架構

3.1 ¿Cómo +「llamarse」動詞變化？（叫什麼名字？）/「llamarse」動詞變化＋名字（叫…名字）

疑問詞動詞「cómo」通常被用來詢問方法（如何…）。而 llamarse 原本的意思是「稱呼自己」，這個動詞的變化如下：

▶ MP3-26

	llamarse （稱呼自己）
Yo	me llamo
Tú	te llamas
Él / Ella / Usted	se llama
Nosotros / Nosotras	nos llamamos
Vosotros / Vosotras	os llamáis
Ellos / Ellas / Ustedes	se llaman

要注意「llamarse」這個動詞的變化有二部份：反身代名詞和動詞。反身代名詞的概念類似英文的 myself / yourself / himself / herself，指的是自己對自己做某一個動作。動詞原型時反身代名詞緊接在原型動詞後面，連成一個字。但是動詞變化時，反身代名詞會出現在動詞前面，並且是獨立的一個字。每個人稱都有對應的反身代名詞，所以動詞變化時，反身代名詞也要一起跟著變化。例如：

（25）¿Cómo **te llamas**?（你叫什麼名字？）

（26）¿Cómo **se llama** ella?（她叫什麼名字？）

3.1 ¿Cómo +la conjugación del verbo "llamarse"? / la conjugación del verbo "llamarse" + nombre.

El adverbio interrogativo "cómo" se utiliza a menudo para preguntar sobre métodos (cómo...). El significado original de llamarse es "llamarse a uno mismo". El verbo cambia de la siguiente manera:

	llamarse
Yo	me llamo
Tú	te llamas
Él / Ella / Usted	se llama
Nosotros / Nosotras	nos llamamos
Vosotros / Vosotras	os llamáis
Ellos / Ellas / Ustedes	se llaman

Cabe señalar que la conjugación del verbo "llamarse" tiene dos partes: un pronombre reflexivo y un verbo. El concepto de pronombres reflexivos es similar a *myself* (a mí mismo) / *yourself* (a ti mismo) / *himself* (a él mismo) / *herself* (a ella misma) en inglés, que se refiere a una determinada acción realizada por uno mismo. En la forma infinitiva de un verbo, el pronombre reflexivo sigue inmediatamente al verbo en infinitivo y está unido a este formando una palabra. Pero cuando el verbo se conjuga, el pronombre reflexivo aparece delante del verbo y es una palabra independiente. Cada persona tiene su pronombre reflexivo correspondiente, por lo que cuando el verbo se conjuga, el pronombre reflexivo también cambia, como hemos presentado en los ejemplos (25) y (26).

(25) ¿Cómo **te llamas**?

(26) ¿Cómo **se llama** ella?

Lección 2

回覆自己的名字時，在 llamarse 動詞變化的後面加上自己的名字，例如：

（27）Me llamo Lorenzo.（我叫 Lorenzo。）

3.2 ¿Cómo ＋「apellidarse」動詞變化？（姓什麼？）/「apellidarse」動詞變化（姓…）

這個和詢問名字相似的句型，是用來問別人的姓氏。動詞「apellidarse」和「llamarse」是同一類的動詞，它的動詞變化如下： ▶ MP3-27

	apellidarse （稱呼自己的姓氏）
Yo	me apellido
Tú	te apellidas
Él / Ella / Usted	se apellida
Nosotros / Nosotras	nos apellidamos
Vosotros / Vosotras	os apellidáis
Ellos / Ellas / Ustedes	se apellidan

如同課文中的例句，詢問別人姓氏時，我們會說：

（28）¿Cómo te apellidas?（你貴姓？）

Al responder con tu propio nombre, agrega tu propio nombre después de la conjugación del verbo "llamarse", como en el ejemplo (27).

(27) Me llamo Lorenzo.

3.2 ¿Cómo + la conjugación del verbo "apellidarse"? / la conjugación del verbo "apellidarse"

Una estructura similar a la de preguntar por el nombre, se utiliza para preguntar por el apellido de alguien. Los verbos "llamarse" y "apellidarse" son verbos del mismo tipo. El verbo "apellidarse" se conjuga de la siguiente manera:

	apellidarse
Yo	me apellido
Tú	te apellidas
Él / Ella / Usted	se apellida
Nosotros / Nosotras	nos apellidamos
Vosotros / Vosotras	os apellidáis
Ellos / Ellas / Ustedes	se apellidan

Como en la oración de ejemplo del texto, al preguntarle a alguien su apellido, diríamos:

(28) ¿Cómo te apellidas?

回答時,我們說:

(29) Me apellido López.(我姓 López。)

除了用動詞「apellidarse」來問別人的姓氏外,在日常對話中,我們也會使用「¿Cuál es tu apellido?」(你貴姓?)來問別人的姓氏。回答時,我們會說「Mi apellido es…」(我的姓氏是…)。

Al responder, decimos:

(29) Me apellido López.

Además de utilizar el verbo "apellidarse" para preguntarle a alguien su apellido, en la conversación cotidiana también utilizamos: "¿Cuál es tu apellido?". Al contestar decimos: "Mi apellido es…"

◆ **Ejercicio 3　互動小習題 3**

請把正確的動詞變化拉入車廂
（請掃描 QR code）

Lección 2

3.3 ¿Qué ＋「ser」動詞變化？（從事什麼工作？）/「ser」動詞變化 ＋職業（是…[職業]）

　　問別人的職業時，我們使用「Qué」（什麼）這個疑問詞加上「ser」的動詞變化。例如：

（30）¿Qué eres?（你從事什麼工作？）

回答時，用「ser」的動詞變化後面加上職業。例如：

（31）Soy cocinera.（我是廚師。）

　　一定要注意，職業的詞性要隨著主詞的性別改變。例句（31）的主詞是女生，所以用了陰性單數的「cocinera」，如果主詞是男生，要改成陽性單數的「cocinero」。表示職業時，職業名稱的前面不可以加任何冠詞。例如：

（32）Soy una cocinera.（×）

（33）Soy la cocinera.（×）

　　尤其是臺灣學習者受到英文的影響（I'm a cook.），往往會在職業名稱前加上不定冠詞（un / una / unos / unas），在西班牙語中，這是錯誤的用法。但是當職業後面加上形容詞時，我們可以在職業的前面加上冠詞。例如：

（34）Ella es una cocinera española.（她是一位西班牙籍的廚師。）

（35）Soy la cocinera del rey de España.（我是西班牙國王的廚師。）

3.3 ¿Qué + la conjugación del verbo "ser"? / la conjugación del verbo "ser" + profesión

Cuando preguntamos a alguien sobre su ocupación, utilizamos el pronombre interrogativo "Qué" más el verbo "ser" conjugado. Por ejemplo:

(30) ¿Qué eres?

Al responder se utiliza el verbo "ser" conjugado, seguido de la ocupación. Por ejemplo:

(31) Soy cocinera.

Cabe señalar que la ocupación cambia según el género del sujeto. El sujeto de la oración del ejemplo (31) es una mujer, por lo que se usa el singular femenino "cocinera". Si el sujeto es un hombre, se debe cambiar por el singular masculino "cocinero". Al indicar la ocupación, no se puede agregar ningún artículo delante del nombre de la ocupación. Por ejemplo:

(32) Soy una cocinera. (×)
(33) Soy la cocinera. (×)

Especialmente, los estudiantes taiwaneses están influenciados por el inglés (I'm a cook) y a menudo agregan el artículo indefinido (un/una/unos/unas) antes de los nombres ocupacionales. Pero, recuerda que, en español, este es un uso incorrecto. Cuando los sustantivos de profesión están modificados por los adjetivos, se pone el artículo antes de los sustantivos. Por ejemplo:

(34) Ella es una cocinera española.
(35) Soy la cocinera del rey de España.

Lección 2

　　除了上述的表達方式，我們也可以用「¿A qué te dedicas?」（你從事什麼工作？）來問別人的職業。回答時同樣用「ser 動詞變化＋職業」的句型來回答，如例句（36）。我們也可以使用「dedicarse a ＋領域」的句型來回答，如例句（37），這樣的用法比較文雅也比較正式。例如：

（36）Sofía: ¿A qué te dedicas?（你從事什麼工作？）

　　　Juan: Soy médico.（我是醫生。）

（37）Sofía: ¿A qué te dedicas?（你從事什麼工作？）

　　　Juan: Me dedico a la medicina.（我從事醫療方面的工作。）

Además de las expresiones anteriores, también podemos usar "¿A qué te dedicas?"（你從事什麼工作？）para preguntar por la ocupación de alguien. Al responder, en nivel inicial, se puede utilizar también la estructura del verbo "ser" conjugado + ocupación. En niveles más altos, la estructura sería usar el verbo "dedicarse" + a + la disciplina. Este uso es más elegante y formal, como en los ejemplos (36) y (37).

(36) Sofía: ¿A qué te dedicas?
　　Juan: Soy médico.
(37) Sofía: ¿A qué te dedicas?
　　Juan: Me dedico a la medicina.

◆ **Ejercicio 4 互動小習題 4**

請將文字排列成正確的句子
（請掃描 QR code）

Lección 2

Ejercicios Orales
口語練習

活動 1 — Actividad 1

Contesta las siguientes preguntas

請回答下列問題

1. ¿Qué soy?

2. ¿Qué soy?

3. ¿Qué somos?

4. ¿Qué soy?

5. ¿Qué soy?

6. ¿Qué somos?

7. ¿Qué soy?

Lección 2

8 ¿Qué soy?

9 ¿Qué somos?

10 ¿Qué soy?

活動 2　Actividad 2

Por parejas, preguntad: ¿Cuál es vuestra profesión?
O ¿Cuál es la profesión de vuestros padres?

二人一組，詢問彼此和家人的職業。

Ejemplos 範例：

Ⓐ ¿Qué eres?（你從事什麼工作？）

Ⓑ Soy profesor.（我是老師。）

Ⓐ ¿Qué es tu padre?（你爸爸從事什麼工作？）

Ⓑ Mi padre es profesor.（我爸爸是老師。）

Ⓐ ¿Qué es tu madre?（你媽媽從事什麼工作？）

Ⓑ Mi madre es profesora.（我媽媽是老師。）

Lección 2

活動 3 ▶ Actividad 3

A ver quién averigua antes de qué profesión se trata. (El ejercicio se puede hacer por parejas o por grupos)

2~4 人一組，根據題目中所提示的工具，看誰最先猜到這些職業是什麼。

1. Usa :
   使用的工具 :

   secador de pelo   tijeras   plancha de pelo   toalla

   Es _____
       o
   _____

2. Usa :
   使用的工具 :

   tabla de corte   cuchillo   cacerola   estufa

   Es _____
       o
   _____

3. Usa:
使用的工具：

huellas　　　lupa　　　cámara　　　prismáticos

Es _____
　　　o
_____

4. Usa:
使用的工具：

reglas　　paletas de colores　　archivos　　portafolio

Es _____
　　　o
_____

Lección 2

5. Usa:
使用的工具:

- carretilla
- cinta métrica
- taladro
- martillo

Es _____
o
_____

6. Usa:
使用的工具：

- chequeo
- caja mascotas
- pesa mascotas
- inyecciones

Es _____
o
_____

Apuntes 筆記

Lección 2

Notas culturales
文化小知識

我們在這一課學到了很多職業名稱。其實某些職業在西班牙和拉丁美洲有不同的稱呼喔！我們來看看下面列表中的單字：

西班牙	拉丁美洲	中文
camarero	mesero	服務生
fontanero	plomero	接水管的工人
contable	contador	會計
subastador	martillero	拍賣師
conductor	chófer	司機

在西班牙，雖然 conductor 和 chófer 都是司機，但工作內容有所不同：conductor 指的是公共運輸的駕駛，如：卡車、公車、或計程車。chófer 指的是私人雇用的私家車司機。

既然說到工作，一定要向大家介紹一下西班牙職場的放假規則。西班牙的法律規定，除了國定假日外，每一個工作的人一年有 30 天有薪假期，至於哪一個月休假則由同事間協調。通常他們喜歡選擇夏天（七月到九月）休假。也因為大家都在這時候休假，所以每年 8 月是西班牙國內旅遊最貴的時間。西班牙俗諺「hacer el agosto」（發假日財）指的就是每年 8 月的旅遊高峰。

為了避開旅遊高峰期，有些單位鼓勵員工在其他月份休假，並且給予這些員工多 5 天的假期。如果工作在同一間公司工作滿 6 個月但未滿一年，員工可以有 15 天的有薪假期。而學校的假期除了寒暑假外，在四月份的聖週會放假一星期。通常第一學期在 10 月開學，第二學期則在 1 月開始。

Ya se ha comentado que el léxico en España e Hispanoamérica es diferente, por eso vamos a poner unos poquitos ejemplos sobre las profesiones:

España	Hispanoamérica
camarero	mesero
fontanero	plomero
contable	contador
subastador	martillero
conductor	chófer

Una puntualización sobre las palabras "conductor" y "chófer". En España, ambas palabras se refieren a profesiones, pero son trabajos diferentes:

El conductor conduce camiones, autobuses o taxis.

El chofer conduce el coche de la persona que le contrata.

Periodos de vacaciones

Trabajadores

- Por ley, los trabajadores tienen 30 días de vacaciones al año.
- Según el contrato, los trabajadores pueden elegir el mes o la empresa lo sortea entre los trabajadores. A veces, siempre según el contrato, se pueden dividir en quincenas.
- Normalmente, los meses en los que se cogen las vacaciones son: junio, julio, agosto y septiembre.
- El mes más caro es agosto, en español hay un refrán que dice: "hacer el agosto", porque en agosto, los hoteles, los restaurantes, los suvenires, todo es más caro.
- A veces, si coges las vacaciones en otro mes diferente, entonces la empresa te da 5 días más.
- Además, si una persona trabaja en una empresa durante seis meses, le corresponderán 15 días de vacaciones.

Lección 2

Estudiantes

Tienen vacaciones de:
- Semana Santa, una semana a finales de marzo o a primeros de abril, es que, como el Año Nuevo Chino, depende de la Luna y varia de un año a otro.
- Navidad del 23 de diciembre al 7 de enero, ambos incluidos.
- Verano, desde finales de junio a principios de septiembre. Los universitarios suelen empezar las clases a comienzos de octubre.

Tanto los trabajadores como los estudiantes disfrutan de los días de fiesta como el 1 de mayo, día del trabajador, etc. Una cosa curiosa y muy diferente a Taiwán, en España los puentes no se tienen que recuperar. Pero en España, no existe lo que aquí se denomina "fiesta por tifón", dado que no hay tifones. Debido al cambio climático, cada vez hay más borrascas, pero, aun así, el gobierno no anuncia que no hay que ir a la escuela o a trabajar.

Para terminar, otro apunte sobre el léxico:

En España, hablamos de días de fiesta o días festivos, mientras que en Hispanoamérica se les denomina días feriados.

Lección 3
¡Familias en Fuego!

第 3 課
又愛又恨的家人們！

Contenido

1. Los posesivos
2. Los adjetivos y la concordancia
3. Vocabulario de familia y descripción de personas

在這一課，你將會學到：

1. 所有格的用法
2. 形容詞及語言一致性
3. 家族成員及人物描述的相關字彙

Lección 3

大家有沒有兄弟姊妹呢？你們長得像嗎？你和你的家人們的相處是和樂融融還是相愛相殺呢？在這一課，我們來學學怎麼用西班牙語來描述自己的家人。

¿Tiene hermanos o hermanas? ¿Se parecen? ¿Cómo se lleva con su familia? ¿Es una relación armoniosa o llena de altibajos? En esta lección, vamos a aprender cómo describir a nuestra familia en español.

1 Diálogo y vocabulario | 課文與字彙

1.1 Diálogo | 課文對話

▶ MP3-28

Pedro: Hola, María ¿Qué tal?
María: Yo bien, pero mi hermana está mal.
Pedro: ¿Tu hermana menor?
María: No, mi hermana mayor.
Pedro: ¿Tienes una hermana mayor?
María: Sí, ¿no la conoces?
Pedro: No, ¿cómo es?
María: Es alta y rubia. Tiene los ojos grandes. Además, es mandona.
Pedro: Pero, tú y tu hermana pequeña sois morenas, bajas y …
María: simpáticas, jajaja.
Pedro: Sí, sois simpáticas.
María: Ella no parece nuestra hermana, pero somos sus hermanas.
Pedro: Bueno, así son los hermanos. Nos amamos y nos peleamos.

Pedro：嗨！María，妳好嗎？
María：我很好，但我的姊妹不好。
Pedro：妳妹妹嗎？
María：不，是我姊姊。

Pedro：妳有姊姊？

María：對啊！你不認識她嗎？

Pedro：我不認識。她是個怎樣的人？

María：她個子高，金髮，有著一雙大眼睛。而且還愛指使人。

Pedro：但是，妳跟妳妹妹都是棕髮，個子矮，而且……。

María：親切！哈哈！

Pedro：對！妳們很親切。

María：雖然她看起來不像是我們的姊姊，但我們確實是她的妹妹。

Pedro：唉，兄弟姊妹都是這樣。我們相愛相殺。

1.2 Vocabulario ｜ 單字

La familia 家人稱謂　　MP3-29

Español 西班牙語	Traducción en chino 中文
el abuelo / la abuela	祖父 / 祖母
el padre	爸爸
la madre	媽媽
el hermano mayor la hermana mayor	哥哥 姊姊
el hermano menor el hermano pequeño la hermana menor la hermana pequeña	弟弟 妹妹
el hijo la hija	兒子 女兒

Lección 3

Español 西班牙語	Traducción en chino 中文
el primo **la prima**	堂表兄弟 堂表姊妹
el sobrino **la sobrina**	姪子 / 外甥 姪女 / 外甥女
el nieto **la nieta**	孫子 孫女
el tío **la tía**	叔、伯、舅 姑、嬸、伯母、姨、舅媽
el esposo / el marido	丈夫
la esposa / la mujer	妻子
el suegro **la suegra**	公公 / 岳父 婆婆 / 岳母
el cuñado **la cuñada**	連襟 妯娌
el hijo único **la hija única**	獨生子 獨生女

Los adjetivos para describir el físico de las personas
描述人物的外表的形容詞　　　　　　　　　▶ MP3-30

Español 西班牙語	Traducción en chino 中文
alto/a	高的
bajo/a	矮的
calvo/a	禿頭的
corto/a	短的
largo/a	長的
liso/a	直的
rizado/a	捲的
rubio/a	金髮的
moreno/a	棕色頭髮的 / 健康膚色的
delgado/a	瘦的
gordo/a	胖的
feo/a	醜的
guapo/a	帥的 / 漂亮的
grande	大的
pequeño/a	小的
joven	年輕的
anciano/a (viejo/a)	老的

Lección 3

Los sustantivos de las partes del cuerpo 身體部位的名詞 MP3-31

Español 西班牙語	Traducción en chino 中文
la boca	嘴巴
los brazos	手臂
la cabeza	頭
las cejas	眉毛
el cuello	脖子
los dedos	手指
los hombros	肩膀
las manos	手
la nariz	鼻子
los ojos	眼睛
las orejas	耳朵
el pelo	頭髮
las pestañas	睫毛
las piernas	腿
los pies	腳

Los adjetivos para describir la personalidad 描述人物個性的形容詞

▶ MP3-32

Español 西班牙語	Traducción en chino 中文
alegre	開朗的
amable	親切的
antipático / a	不友善的
bondadoso / a	善良的
cobarde	膽小的
divertido / a	有趣的
elegante	優雅的
enérgico / a	有活力的
gracioso / a	好笑的
generoso / a	大方的
honesto / a	誠實的
inteligente	聰明的
mandón / mandona	愛指使人的
optimista	樂觀的
paciente	有耐心的
pesimista	悲觀的

Lección 3

Español 西班牙語	Traducción en chino 中文
responsable	有責任感的
simpático / a	友善的
tacaño / a	小氣的
tolerante	心胸寬大的
valiente	勇敢的

Apuntes 筆記

Lección 3

2 Explicación gramatical ｜文法解說

2.1 無重音標記的所有格

西班牙語有二組所有格，我們在這一課將學到的是無重音標記的所有格。這一組所有格沒有重音標記，它們必須放在名詞的前面，而且必須和後面的名詞的詞性和單複數一致。每個人稱都有其專屬的所有格：

▶ MP3-33

	單數	複數	中文
Yo	mi	mis	我的
Tu	tu	tus	你的
Él / ella / usted	su	sus	他的 / 她的 / 您的
Nosotros	nuestro, nuestra	nuestros, nuestras	我們的
Vosotros	vuestro, vuestra	vuestros, vuestras	你 / 妳們的
Ellos / ellas / ustedes	su	sus	他們的 / 她們的 / 您們的

除了我們的（nuestro, nuestra）和你 / 妳們的（vuestro, vuestra）的有陰陽性變化外，其他人稱的所有格陰陽性同型，不需要做變化。如課文中所說的：

（1）¿Tu hermana menor?（妳妹妹嗎？）

這句話裡的妹妹只有一位，所以使用單數的所有格 tu（妳的）。

（2）Ella no parece nuestra hermana, pero somos sus hermanas.（雖然她看起來不像是我們的姊姊，但我們確實是她的妹妹。）

2.1 Los posesivos átonos

El español tiene dos tipos de posesivos, y los que aprendemos en esta lección son los posesivos sin tildes. Este grupo de posesivos no tiene tilde, por eso, debe colocarse delante del sustantivo y debe concordar con la parte gramatical del sustantivo al que precede, es decir, deben concordar en género (femenino / masculino) y en número (singular / plural) con el sustantivo. Cada persona tiene su propio posesivo:

	Singular	Plural
Yo	mi	mis
Tú	tu	tus
Él / Ella / Ud.	su	sus
Nosotros / Nosotras	nuestro, nuestra	nuestros, nuestras
Vosotros / Vosotras	vuestro, vuestra	vuestros, vuestras
Ellos / Ellas / Uds.	su	sus

Excepto para la primera persona del plural (nuestro/s, nuestra/s) y la segunda persona del plural (vuestro/s, vuestra/s), que tienen cambios de género y número, los posesivos de las otras personas solo varían en número, pero no necesitan cambiar para indicar el género. Como se indica en el texto:

(1) ¿Tu hermana menor?

Solo hay una hermana en esta oración, por lo que se usa el posesivo singular de segunda persona del singular (tu).

(2) Ella no parece nuestra hermana, pero somos sus hermanas.

Lección 3

在後面的對話中，出現了（2）的例句。句中，前面的「nuestra hermana」指的是 María 的姊姊，只有一個人，所以所有格用陰性單數的「nuestra」（我們的）。句子的後半指的是 María 和妹妹，有二個人，所以用了複數的「sus」（她的）。

我們再來看看其他的例子：

（3）Él es vuestro tío.（他是你們的叔叔。）

（4）Ellos son mis padres.（他們是我的父母。）

例句（3）的「tío」（叔叔）是陽性單數名詞，我們使用陽性單數所有格「vuestro」（你們的）。例句（4）的「padres」（父母）是複數名詞，所以我們用了複數的所有格「mis」（我的）。

En el diálogo, posteriormente aparece el ejemplo (2). "Nuestra hermana" que aparece en primer lugar se refiere a la hermana de María y de la hermana pequeña de María, por eso como hay una persona relacionada con la persona que habla y con otra persona (tú y yo = primera persona del plural; solo hay una hermana) se usa el singular femenino "nuestra". La segunda mitad de la oración se refiere a María y su hermana. Son dos personas, por lo que se utiliza el plural "sus".

Veamos otros ejemplos:

(3) Él es vuestro tío.

(4) Ellos son mis padres.

En la oración del ejemplo (3), "tío" es un sustantivo masculino singular, es el tío de "tú" más "tú", es decir de "vosotros" por lo que usamos el posesivo masculino singular "vuestro". En la oración del ejemplo (4), "padres" es un sustantivo plural, quien habla soy "yo" por lo que usamos el posesivo plural "mis".

◆ **Ejercicio 1 互動小習題 1**

請選出正確的所有格
（請掃描 QR code）

2.2 形容詞及語言一致性

西班牙語的形容詞通常出現在名詞的後面，而且必須和它們修飾的名詞詞性和單複數一致。形容詞的陰陽性和單複數型態變化的規則和第 2 課學到的名詞的變化相同，請同學參照前一課的說明。

在課文中我們看到了以下的例句：

(5) Es alta y rubia. Tiene los ojos grandes.（她個子高，金髮，有著一雙大眼睛。）

這個例句中的形容詞「alta」（高的）和「rubia」（金髮的）都是用來形容 María 的姊姊，她是一個女生，所以我們使用陰性單數的型態。而在後面句子中的「grandes」（大的）形容的是「los ojos」（眼睛）。因為「los ojos」（眼睛）是陽性複數名詞，而「grande」的陰陽性同型，所以使用其複數型「grandes」。

(6) Luis es bajo y simpático.（Luis 個子矮，個性友善。）

(7) Luis y Ana son bajos y simpáticos.（Luis 和 Ana 個子矮，個性友善。）

例句（6）的主詞是「Luis」，「bajo」（矮的）和「simpático」（友善的）都是用來形容他。因為 Luis 是一個男生，所以我們用陽性單數的形容詞「bajo」和「simpático」。而在例句（7）中，主詞是「Luis y Ana」，Luis 是男生而 Ana 是女生。當一群人中有男有女，我們使用陽性複數的形容詞型態。因此，我們用了「bajos」（矮的）和「simpáticos」（友善的）來形容他們。

2.2 Los adjetivos y la concordancia

Los adjetivos en español suelen aparecer después de los sustantivos y deben concordar en género (femenino / masculino) y número (singular / plural) con los sustantivos que modifican. Las reglas para cambiar las formas a femenina o masculina de los adjetivos y las formas singular o plural son las mismas que los cambios de los sustantivos aprendidos en la Lección 2. Consulte las instrucciones de la lección anterior.

En el texto vimos los siguientes ejemplos:

(5) Es alta y rubia. Tiene los ojos grandes.

Los adjetivos "alta" y "rubia" en este ejemplo se usan para describir a la hermana de María, que es una niña, por lo que usamos la forma femenina singular. "Grandes" que aparece en la siguiente oración describe los ojos. Debido a que "ojos" es un sustantivo masculino plural, y "grande" tiene la misma forma para el femenino y el masculino, se usa su forma plural "grandes".

(6) Luis es bajo y simpático.

(7) Luis y Ana son bajos y simpáticos.

El sujeto de la oración del ejemplo (6) es "Luis", y tanto "bajo" como "simpático" se usan para describirlo. Como Luis es un niño, usamos los adjetivos masculinos singulares "bajo" y "simpático". En la oración del ejemplo (7), el sujeto es "Luis y Ana", Luis es un niño y Ana es una niña. Cuando un grupo de personas incluye tanto hombres como mujeres, utilizamos el adjetivo en plural masculino. Por eso, utilizamos los términos "bajos" y "simpáticos" para describirlos.

◆ **Ejercicio 2 互動小習題 2**

請選出正確的所有格
（請掃描 QR code）

3 Estructuras ｜句型架構

3.1 ¿Cómo ＋「ser」動詞變化？（…是怎樣的人？）

這個句型是用來詢問某人的樣貌或個性，「ser」的動詞型態會依照主詞來變化。例如課文中的句子：

（8）No, ¿cómo es?（我不認識。她是個怎樣的人？）

句子的主詞是她（María 的姊姊），所以使用第三人稱單數的動詞型態「es」。因為在對話中說話的雙方都知道他們在討論 María 的姊姊的樣貌和個性，所以省略了主詞。當我們無法清楚知道主詞是誰時，就必須把主詞放在「ser」動詞的後面。例如：

（9）¿Cómo son tus padres?（你的父母是怎樣的人？）

這個句子的主詞是「tus padres」（你的父母），所以我們使用了第三人稱複數的動詞型態「son」。

3.1 ¿Cómo + la conjugación del verbo "ser"?

Esta estructura se usa para preguntar sobre la apariencia o personalidad de alguien. La forma verbal de "ser" cambia según el sujeto. Por ejemplo, en las oraciones del texto vemos:

(8) No, ¿cómo es?

El sujeto de la oración es ella (la hermana de María), por lo que se utiliza la forma verbal en tercera persona del singular: "es". Debido a que ambos interlocutores en la conversación saben que están dialogando sobre la apariencia y personalidad de la hermana de María, se omite el tema. Cuando no podemos saber claramente quién es el sujeto, debemos poner el sujeto después del verbo conjugado. Por ejemplo:

(9) ¿Cómo son tus padres?

El sujeto de esta oración es "tus padres", por lo que usamos la tercera persona del plural del verbo "son".

3.2（主詞）＋「ser」動詞變化＋形容詞（…是…的人）

當有人問我們 3.1 的句子時，我們該怎麼回答呢？我們可以用「（主詞）＋ser 動詞變化＋形容詞」的句型來回答。例如：

（10）Pedro: No, ¿cómo es?（我不認識。她是個怎樣的人？）

María: Es alta y rubia.（她個子高，金髮。）

在這段課文的對話中，María 用了「Es alta y rubia.」（她個子高，金髮。）來回覆 Pedro 的問題。因為主詞是 María 的姊姊，所以形容詞用了陰性單數的「alta」（高的）和「rubia」（金髮的）。而為了回覆例句（9）的問題，我們可以說：

（11）Son divertidos y enérgicos.（他們有趣又有活力。）

除了像（10）描述人的外貌，我們也可以用同樣的句型來描述個性。例句（11）的主詞是「mis padres」（我的父母），這是一個陽性複數名詞，因此我們必須使用陽性複數的形容詞型態「divertidos」（有趣的）、「enérgicos」（有活力的）。此外，即使沒有（9）的問句，我們也可以用這個句型來單純表達對人的描述：

（12）Pedro es bajo y delgado. Es gracioso.（Pedro 又矮又瘦，他很好笑。）

因為 Pedro 是個男生，所以我們用陽性單數的形容詞型態「bajo」（矮的）、「delgado」（瘦的）、「gracioso」（好笑的）來形容他。

3.2 (Sujeto) + la conjugación del verbo "ser" + adjetivo (descripción de persona)

Cuando alguien nos pregunta como en la oración del ejemplo 3.1, ¿cómo debemos responder? Podemos responder con la siguiente estructura: "(sujeto) + conjugación del verbo "ser" + adjetivo". Por ejemplo:

(10) Pedro: No, ¿cómo es?
    María: Es alta y rubia.

En la conversación del texto, María usó: "Es alta y rubia" para responder a la pregunta de Pedro. Debido a que el sujeto es la hermana de María, los adjetivos se usan en singular femenino "alta" y "rubia". Y para responder a la pregunta del ejemplo (9), podemos decir:

(11) Son divertidos y enérgicos.

Además de describir la apariencia de una persona como en el ejemplo (10), también podemos usar la misma estructura para describir la personalidad. El sujeto de la oración del ejemplo (11) es "mis padres", que es un sustantivo masculino plural, por lo que debemos usar las formas adjetivas en masculino plural: "divertidos" y "enérgicos". Además, incluso sin hacer una pregunta, también podemos usar esta estructura para expresar simplemente una descripción de una persona:

(12) Pedro es bajo y delgado. Es gracioso.

Como Pedro es un niño, usamos las formas adjetivas en masculino singular: "bajo", "delgado" y "gracioso" para describirlo.

3.3（主詞）＋「tener」動詞變化＋定冠詞＋身體部位＋形容詞（有著…的…）

除了用「（主詞）＋ ser 動詞變化＋形容詞」的句型來描述人的外貌，我們也可以用「（主詞）＋ tener 動詞變化＋定冠詞＋身體部位＋形容詞」來更詳細地描述外貌，像是眼睛的大小、頭髮長短、顏色等。例如課文中的句子：

（13）Tiene los ojos grandes.（她有著一雙大眼睛。）

動詞「tener」（有）的動詞變化如下： ▶ MP3-34

	tener（有）
Yo	tengo
Tú	tienes
Él / Ella / Ud.	tiene
Nosotros / Nosotras	tenemos
Vosotros / Vosotras	tenéis
Ellos / Ellas / Uds.	tienen

當描述身體部位時，必須在身體部位前面加上定冠詞（el / la / los / las），而且定冠詞和出現在身體部位後面的形容詞，都必須依照身體部位名詞的詞性和單複數來改變。例句（13）中的「ojos」（眼睛）是陽性複數名詞，所以在它的前面使用陽性複數定冠詞「los」，而「ojos」後面的形容詞「grandes」（大的）因為陰陽性同型，所以在單數的「grande」後面加上「s」形成複數型態。我們再看看其他例子。

3.3 (Sujeto) + la conjugación del verbo "tener" + artículo definido + parte del cuerpo + adjetivo

Además de usar la estructura de la oración "(sujeto) + conjugación del verbo "ser" + adjetivo" para describir la apariencia de una persona, también podemos usar "(sujeto) + tener + artículo definido + parte del cuerpo + adjetivo" para describir la apariencia con más detalle, como el tamaño de los ojos, la longitud del cabello, el color, etc. Por ejemplo, en las oraciones del texto encontramos:

(13) Tiene los ojos grandes.

El verbo "tener" se conjuga de la siguiente manera:

	tener
Yo	tengo
Tú	tienes
Él / Ella / Ud.	tiene
Nosotros / Nosotras	tenemos
Vosotros / Vosotras	tenéis
Ellos / Ellas / Uds.	tienen

Al describir las partes del cuerpo, se debe agregar el artículo definido (el / la / los / las) antes de la parte del cuerpo, y el artículo definido y los adjetivos que aparecen después de la parte del cuerpo deben concordar en género (femenino / masculino) y en número (singular / plural) con el sustantivo de la parte del cuerpo a la que se refieren. "Ojos" en la oración del ejemplo (13) es un sustantivo masculino plural, por lo que el artículo definido masculino plural "los" se usa delante de él, y el adjetivo "grandes" después de ojos es invariable respecto al género, pero no respecto al número por lo que se agrega después del singular "grande" la "s" para formar el plural. Veamos otros ejemplos.

Lección 3

(14) Tengo el pelo liso y largo.（我有著一頭長直髮。）

(15) Los niños tienen el pelo rizado.（孩子們有著一頭捲髮。）

　　例句（14）的「pelo」（頭髮）是陽性單數名詞，所以在前面使用的是陽性單數定冠詞「el」。後面出現的形容詞「liso」（直的）、「largo」（長的），也要使用陽性單數的型態。要注意的是，「pelo」是不可數名詞，指的是一頭頭髮，所以即使我們的頭髮有很多根，還是要用單數。例句（15）的主詞是「los niños」（孩子們），不論主詞是一個人還是很多人，「pelo」這個字還是單數型。因為形容詞「rizado」（捲的）形容的是「pelo」，而不是孩子們，所以它的型態必須和「pelo」一致，使用陽性單數的「rizado」。這是初學者常有的迷思，分不清楚形容詞所修飾的名詞到底是哪個。通常形容詞會緊接在它所形容的名詞後面，如果大家記得這個原則會比較容易分辨。

(14) Tengo el pelo liso y largo.

(15) Los niños tienen el pelo rizado.

En la oración del ejemplo (14), "pelo" es un sustantivo masculino singular, por lo que el artículo definido masculino singular "el" se usa delante de él. Los adjetivos "liso" y "largo" que aparecen después también deben usar la forma masculina singular. Cabe señalar que "pelo" es un sustantivo incontable, que hace referencia a la cabellera, por lo que aunque tengamos muchos pelos, debemos usarlo en singular. El sujeto del ejemplo (15) es "los niños". Independientemente de si el sujeto es una persona o muchas personas, la palabra "pelo" sigue siendo singular. Debido a que el adjetivo "rizado" se refiera al "pelo", no a "niños", su forma debe concordar con "pelo", usando el masculino singular "rizado". Este es un malentendido común entre los principiantes, que no pueden distinguir cuál es el sustantivo que está siendo modificado por el adjetivo. Por lo general, el adjetivo seguirá inmediatamente al sustantivo que describe. Si recuerdas este principio, será más fácil distinguirlo.

◆ **Ejercicio 3 互動小習題 3**

請將文字排列成正確的句子

（請掃描 QR code）

Lección 3

Ejercicios Orales
口語練習

Actividad 1 Busca el monstruo
活動 1 怪獸找找看

Trabaja en parejas o en grupos. Describe tres monstruos en la foto y tus compañeros adivinan quiénes son.

下面是一張怪獸家族的合照。選出三位成員並且描述它的外表和個性，讓你的同伴猜猜看你描述的是誰。

Espantín Pompón Patilargo Verdechito Gruñoncito Lecturín Asustín Travesín

Actividad 2 Entrevistar a las celebridades
活動 2 訪問名人

Tres a cuatro personas por grupo. Imagina que eres una celebridad. Tus compañeros te van a hacer preguntas y adivinan quién eres según tus respuestas.

三到四人一組。想像你是一位名人，你的同伴們會問你問題，並依據你的答案猜出你是哪位名人。

Ejemplos 例句：

Ⓐ ¿Tienes hijos?

Ⓑ No, no tengo hijos.

Ⓒ ¿Eres joven?

Ⓑ Sí, soy joven.

Ⓐ ¿Qué eres?

Ⓑ Soy cantante.

Ⓒ ¿Eres morena?

Ⓑ No, soy rubia.

Ⓐ ¿Eres alta?

Ⓑ Sí, soy alta.

Lección 3

C ¿De dónde eres?

B Soy estadounidense.

A ¿Eres Taylor Swift?

B ¡Sí!

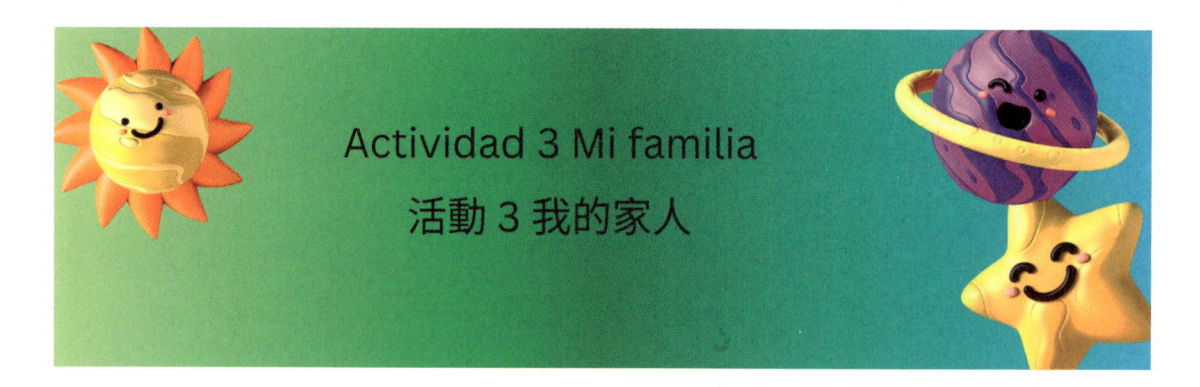

Actividad 3 Mi familia
活動 3 我的家人

Describe 2 personas de tu familia en 10 oraciones. Utiliza los posesivos y adjetivos.

寫 10 個句子來描述你的 2 位家人，記得使用所有格和形容詞喔！

Ejemplo 例句：

Mi hermana es inteligente.（我姊姊很聰明）

Apuntes 筆記

Lección 3

Notas culturales
文化小知識

西班牙的家庭

在西班牙，因為經濟考量，現在的年輕人往往在三十歲以後才會獨立生活。他們通常選擇與伴侶同住來節省開銷。這些伴侶不一定是結婚的配偶，而他們的住處也不一定會離父母家很近。在現代的西班牙社會中，因為大多數的母親都是職業婦女，所以祖父母在照顧孩子方面扮演著重要角色。

當父母年老時，如果他們無法獨立生活，在經濟許可情況下，會把他們送到養老院。但是如果經濟情況不許可，他們會跟其中一個孩子同住，甚至在不同孩子的家中輪流居住。

西班牙人慶祝平安夜的方式和我們過年相似，通常全家會聚在一起吃晚飯。有些結婚的夫妻選擇一年在女方家慶祝，下一年則在男方家。他們也會和家人一起慶祝新年。跨年夜除了團聚吃晚餐，在午夜倒數時要隨著十二點的鐘聲一起吃完十二顆葡萄，然後他們會出門與朋友一起參加新年派對。

看看西班牙人如何慶祝聖誕節

Las familias españolas

En España, debido a la crisis económica, los jóvenes tienden a independizarse más tarde, alrededor de los treinta años o más. Generalmente, optan por vivir en pareja, sin importar si están casados o no, y la nueva vivienda no necesariamente tiene que estar cerca de la casa de los padres. Actualmente, los abuelos desempeñan un papel crucial cuidando a sus nietos, ya que la mayoría de las madres trabajan.

Cuando los padres envejecen, si la economía lo permite, se les lleva a una residencia si no pueden vivir solos. En caso de falta de recursos, pueden vivir con alguno de sus hijos, e incluso ir rotando entre las casas de los diferentes hijos.

Durante la Nochebuena, es costumbre que toda la familia se reúna para cenar junta, similar a la celebración del Año Nuevo chino. En ocasiones, un año se celebra con la familia de la mujer y al siguiente con la del marido. En Nochevieja, algunos eligen cenar en familia, pero después de tomar las doce uvas, suelen salir con amigos para asistir a alguna fiesta.

Cómo se celebra la Navidad en España

Apuntes 筆記

Lección 4
Objeto en Fuga

第 4 課
消失的物品

Contenido

1. El verbo *estar*
2. Las preposiciones
3. Vocabulario de lugares

在這一課，你將會學到：

1. 「estar」的動詞變化與用法
2. 表達地點的介係詞
3. 表示地點的相關詞彙

Lección 4

你有沒有找不到東西的經驗呢？是否曾經請家人朋友幫你找東西呢？有時候想找的東西一直找不到，但沒有要找的時候它卻意外出現了呢！這一課我們來學學怎麼用西班牙語找東西吧！

¿Alguna vez has tenido problemas para encontrar algo? ¿Alguna vez les has pedido a familiares o amigos que te ayuden a encontrar algo? ¡A veces lo que buscas no se encuentra y aparece inesperadamente cuando no lo estás buscando! ¡En esta lección, aprenderemos cómo encontrar cosas en español!

1　Diálogo y vocabulario ｜ 課文與字彙

1.1 Diálogo ｜ 課文對話　　MP3-35

Pedro: ¿Dónde están mis gafas? ¿Dónde están mis gafas?
María: ¿Por qué hablas solo?
Pedro: No sé ¿dónde están mis gafas?
María: Quizá están en tu mochila.
Pedro: Ya he mirado dentro de la mochila dos veces.
María: ¿Has mirado, si están en la cajonera?
Pedro: No, ahí tampoco están.
María: ¿Y si están en la mesa, bajo algún libro?
Pedro (Moviendo los libros): No, aquí tampoco están.
María (mirando a Pedro y sonriendo): Estoy segura de que no has mirado sobre tu cabeza.
Pedro: ¡¿Sobre mi cabeza?!
María: Sí. Tus gafas están sobre tu cabeza.
Pedro (Se lleva las manos a la cabeza): Es verdad, están aquí. ¡Qué cabeza!
María: ja ja ja.

Pedro：我的眼鏡呢？我的眼鏡在哪？

María：你幹嘛自言自語啊？

Pedro：不知道。我的眼鏡跑到哪去了？

María：可能在你的背包裡。

Pedro：我在背包裡找了兩遍了。

María：你有找過五斗櫃裡嗎？

Pedro：也不在那。

María：那桌上呢？書的下面？

Pedro（一邊說一邊在書堆裡翻找）：沒有，也不在這。

María（微笑看著 Pedro）：我很確定你沒有找找你的頭上。

Pedro：我頭上？！

María：對啊！你的眼鏡就在你頭上。

Pedro（把手舉到頭上）：真的欸！在這！我真是頭腦壞掉了啦！

María：哈哈哈。

1.2 Vocabulario ｜ 單字

Los objetos 物品相關字彙　　　　　　　　　MP3-36

Español 西班牙語	Traducción en chino 中文
la almohada	枕頭
el armario	衣櫃
el bolígrafo	原子筆
la cajonera	五斗櫃
el cajón	抽屜
la cama	床

Lección 4

Español 西班牙語	Traducción en chino 中文
el cojín	抱枕
el colchón	床墊
la copa	酒杯
la cortina	窗簾
el espejo	鏡子
la estantería	架子
las gafas	眼鏡
la lámpara	檯燈
el lápiz	鉛筆
el libro	書
la mesa	桌子
la mesilla	床頭櫃／小茶几
la mochila	背包
el ordenador	電腦
la puerta	門
el reloj	時鐘／手錶
el sofá	沙發
la silla	椅子（沒扶手）

Español 西班牙語	Traducción en chino 中文
el sillón	椅子（有扶手）
la taza	咖啡杯
el televisor	電視機
el vaso	水杯
la ventana	窗戶

La ubicación 位置相關字彙 ▶ MP3-37

Español 西班牙語	Traducción en chino 中文
encima de	在上空、在上方（表面沒有接觸）
sobre	在上面（表面有接觸）
debajo de	在下面
a la izquierda de	在左邊
a la derecha de	在右邊
delante de	在前面
detrás de	在後面
dentro de	在…裡面
en	在…

Lección 4

Español 西班牙語	Traducción en chino 中文
fuera de	在外面
al lado de / junto a	在旁邊
entre ... y ...	在…和…的中間
enfrente de / frente a	在對面

Los sustantivos de las partes de la casa 家裡的地點　▶ MP3-38

Español 西班牙語	Traducción en chino 中文
el balcón	陽台
la cocina	廚房
el comedor	飯廳
el cuarto de baño	浴室
las escaleras	樓梯
el garaje	車庫
la habitación	臥室
el jardín	花園
el patio	後院
el salón	客廳

Los lugares 地點相關字彙　　MP3-39

Español 西班牙語	Traducción en chino 中文
el aeropuerto	機場
el aparcamiento	停車場
el banco	銀行
el bar	酒吧
la biblioteca	圖書館
el café	咖啡店
la cafetería	學生餐廳
la escuela	學校
la estación de tren	火車站
la estación de metro	地鐵站 / 捷運站
el gimnasio	健身房
el hospital	醫院
el hotel	飯店
la iglesia	教堂
el mercado	市場
el museo	博物館
la oficina de correos	郵局

Lección 4

Español 西班牙語	Traducción en chino 中文
la parada de autobús	公車站
el parque	公園
la playa	海邊
el restaurante	餐廳
el supermercado	超市
el teatro	劇院
la universidad	大學

Apuntes 筆記

Lección 4

2 Explicación gramatical ｜文法解說

2.1 表示位置的動詞「estar」

動詞「estar」在西班牙語中有許多用法，當表示位置時，動詞「estar」表達「在…」的意思。在學習用法前，我們先來學習「estar」的動詞變化。

MP3-40

	estar（在…）
Yo	estoy
Tú	estás
Él / Ella / Ud.	está
Nosotros / Nosotras	estamos
Vosotros / Vosotras	estáis
Ellos / Ellas / Uds.	están

2.2 表示位置的介係詞片語

表示位置的介係詞片語 / 介係詞放在動詞「estar」的後面，用來表示人或物的所在位置。西班牙語的介係詞片語 / 介係詞沒有陰陽性，也沒有單複數，不論後面所接的名詞的詞性為何、是單數還是複數，都使用同樣的型態。例如：

（1）Las gafas están sobre la cabeza.（眼鏡戴在頭上。）

（2）Las gafas están sobre el libro.（眼鏡放在書本上。）

（3）Los cuadros están sobre las mesas.（圖畫放在桌子上。）

（4）Los cuadros están sobre los armarios.（圖畫放在衣櫃上。）

2.1 Verbo "estar" expresando posición

El verbo "estar" tiene muchos usos en español. Cuando expresa ubicación, usamos el verbo "estar". Antes de aprender a usarlo, primero aprendamos la conjugación del verbo "estar".

	estar
Yo	estoy
Tú	estás
Él / Ella / Ud.	está
Nosotros / Nosotras	estamos
Vosotros / Vosotras	estáis
Ellos / Ellas / Uds.	están

2.2 Las preposiciones que expresan ubicación

Las preposiciones que indican ubicación se colocan después del verbo "estar" para indicar la ubicación de personas o cosas. Las preposiciones en español no tienen formas femeninas ni masculinas, ni formas singulares ni plurales. Todas usan la misma forma independientemente de la parte gramatical del sustantivo que aparece detrás, ya sea singular o plural. Por ejemplo:

(1) Las gafas están sobre la cabeza.
(2) Las gafas están sobre el libro.
(3) Los cuadros están sobre las mesas.
(4) Los cuadros están sobre los armarios.

Lección 4

　　例句（1）的「cabeza」（頭）是陰性單數名詞，例句（2）的「libro」（書）是陽性單數名詞。而例句（3）的「mesas」（桌子）是陰性複數名詞，例句（4）的「armarios」（衣櫃）是陽性複數名詞。在這四個句子中，表示位子的介係詞都是「sobre」（在…的上面），並沒有因為後面所接的名詞的詞性和單複數不同而改變。

　　要注意的是，介係詞「de」和「a」有母音合併的特質。當表示位置的介係詞片語最後一個字是「de」或「a」時，如果後面接續陽性單數定冠詞「el」，這二個介係詞必須和定冠詞合為一體，變成「del」和「al」。例如：

（5）La estación de metro está enfrente del hotel.（地鐵站在飯店對面。）

（6）La habitación está junto al salón.（臥室在客廳旁邊。）

　　例句（5）中的介係詞片語「enfrente de」後面接續的是陽性單數定冠詞「el」，因此「de」和「el」必須合併為「del」。例句（6）表示位置的介係詞片語是「junto a」，後面出現陽性單數定冠詞「el」，此時，「a」和「el」二者必須合併為「al」。這樣的合併規則僅限於當介係詞後面出現陽性單數定冠詞「el」的時候，如果出現的是其他冠詞則不需要合併。

La "cabeza" en la oración del ejemplo (1) es un sustantivo femenino singular, y el "libro" en la oración del ejemplo (2) es un sustantivo masculino singular. Las "mesas" en la oración del ejemplo (3) es un sustantivo plural femenino, y los "armarios" en la oración del ejemplo (4) es un sustantivo plural masculino. En estas cuatro oraciones, la preposición que indica posición es siempre "sobre", y no cambia. No importa el género ni el número del sustantivo que va detrás.

Cabe señalar que las preposiciones "de" y "a" tienen la característica de fusionarse con la vocal "e" y cuando las preposiciones "de" o "a", van seguidas del artículo definido masculino singular "el", estas dos preposiciones deben fusionarse con el artículo definido para convertirse en "del" y "al". Por ejemplo:

(5) La estación de metro está enfrente del hotel.
(6) La habitación está junto al salón.

La locución adverbial "enfrente de" en la oración del ejemplo (5) va seguida del artículo definido masculino singular "el", por lo que "de" y "el" deben fusionarse en "del". En el ejemplo (6), la locución preposicional que indica posición es "junto a", seguida del artículo definido masculino singular "el", por eso, la "a" y "el" deben fusionarse en "al". Dichas reglas de fusión se limitan a cuando el artículo definido masculino singular "el" aparece después de la preposición. Si aparecen otros artículos, no hay necesidad de fusionar.

◆ **Ejercicio 1** 互動小習題 1

請判斷句中所描述的物品位置是否正確
（請掃描 QR code）

Lección 4

3 **Estructuras** | 句型架構

3.1 ¿Dónde ＋「estar」動詞變化＋名詞？（…在哪裡？）

　　這個句型用來詢問人或物品的位置。在這個句型中，句尾的名詞是整個句子的主詞，因此，動詞「estar」的動詞變化人稱依照其後面的名詞而改變。在課文中，我們看到了以下例句：

　　（7）¿Dónde están mis gafas?（我的眼鏡在哪？）

　　例句（7）的「están」的主詞是「mis gafas」，因此將「estar」變化為第三人稱複數的型態「están」。

3.1 ¿Dónde + la conjugación del verbo "estar" + sustantivo?

Esta estructura oracional se utiliza para preguntar sobre la ubicación de personas o elementos. En esta estructura oracional, el sustantivo que aparece al final de la oración es el sujeto de la oración, por lo tanto, la persona del verbo "estar" debe concordar con el sustantivo que le sigue. En el texto, vemos las siguientes oraciones que usamos aquí como ejemplo:

(7) ¿Dónde están mis gafas?

El sujeto de "están" en el ejemplo (7) es "mis gafas", por lo que "estar" se conjuga en tercera persona del plural: "están".

◆ **Ejercicio 2 互動小習題 2**

請選出正確的 estar 變化

（請掃描 QR code）

3.2 名詞＋「estar」動詞變化＋表示位置的介係詞片語＋地點（…在…）

在這個句型中，動詞「estar」要隨著前面的名詞人稱變化。在課文中，我們看到以下例句：

（8）Tus gafas están sobre tu cabeza.（你的眼鏡就在你頭上。）

例句（8）主詞是「Tus gafas」（你的眼鏡），它是複數名詞，因此動詞「estar」用第三人稱複數變化的「están」。「sobre」是表示位置的介係詞，表示「在…上面」後面出現的「tu cabeza」（你的頭）是主詞「Tus gafas」所在的地點。

3.2 Sustantivo + la conjugación del verbo "estar" + la preposición que indica ubicación + lugar

En esta estructura oracional, el verbo "estar" concuerda con el número y el género del sustantivo que le precede. En el texto encontramos el ejemplo (8):

(8) Tus gafas están sobre tu cabeza.

En el ejemplo (8), el sujeto es "Tus gafas", que es un sustantivo plural, por lo que el verbo "estar" usa la tercera persona del plural "están". "Sobre" es una preposición que indica posición, indicando que "tu cabeza" que aparece después de "sobre" es donde se encuentra el sujeto "Tus gafas".

◆ **Ejercicio 3　互動小習題 3**

請將文字排列成正確的順序

（請掃描 QR code）

Lección 4

Ejercicios Orales
口語練習

Actividad 1 Describir lugares
活動 1 描述地點

Describe la ubicación de 5 gatos

描述圖片中 5 隻貓咪的地點

Ejemplo 例句：

El gato negro está encima de la mesa.（黑貓在桌上。）

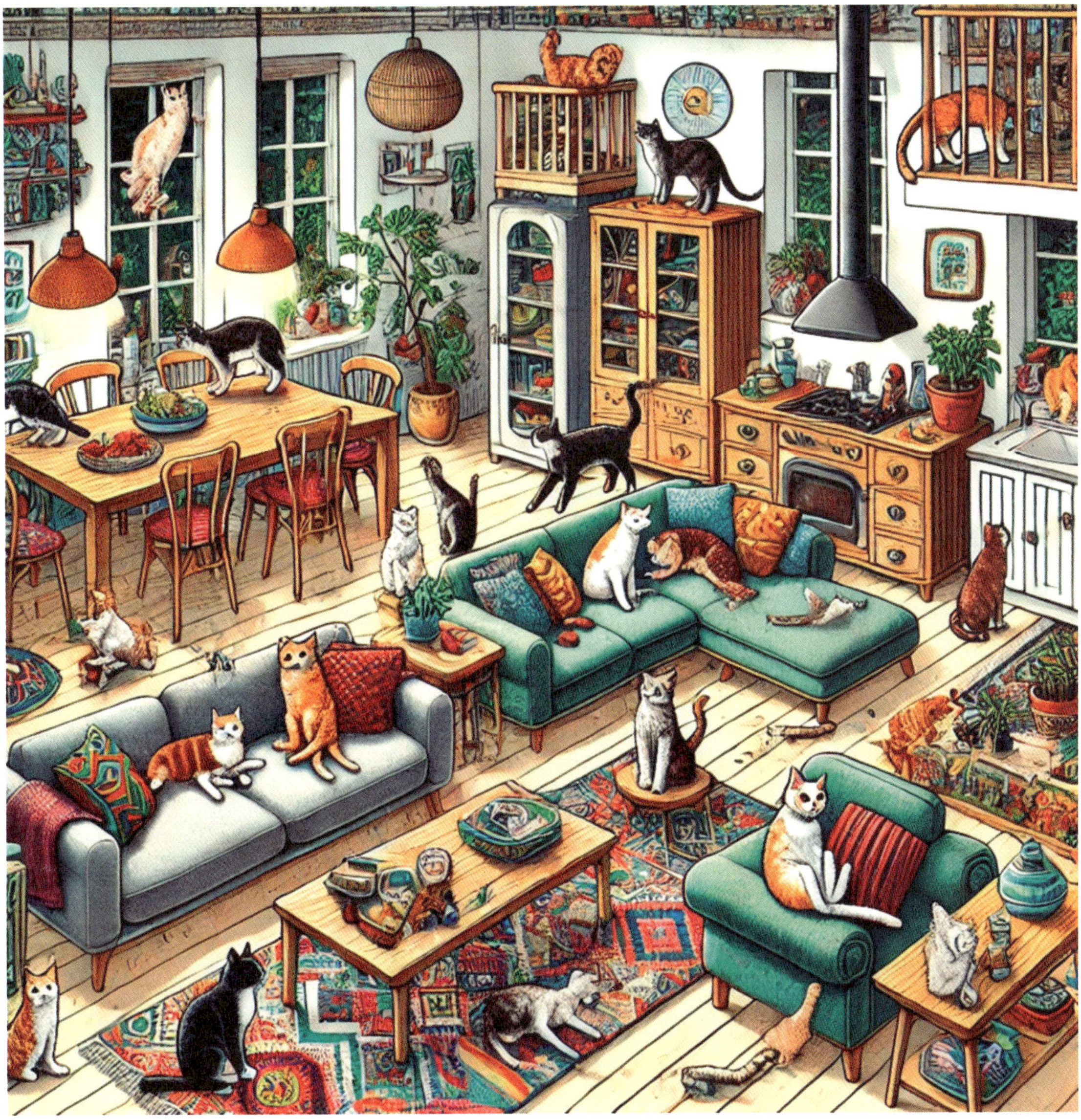

Lección 4

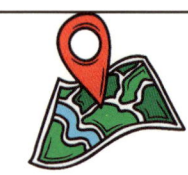

Actividad 2　Encuentra el objeto
活動 2 尋找物品

Un estudiante describe la ubicación de un objeto, y otro debe encontrarlo.

一位同學描述圖片中物品位置，另一位找到同伴所描述的物品。

Ejemplos 例句：

Estudiante 1 學生 1：Está encima de la mesa. Está a la izquierda del libro.（在桌上。在書本的左邊。）

Estudiante 2 學生 2：（Busca y señala el lápiz 邊聽邊找）El lápiz.（是鉛筆。）

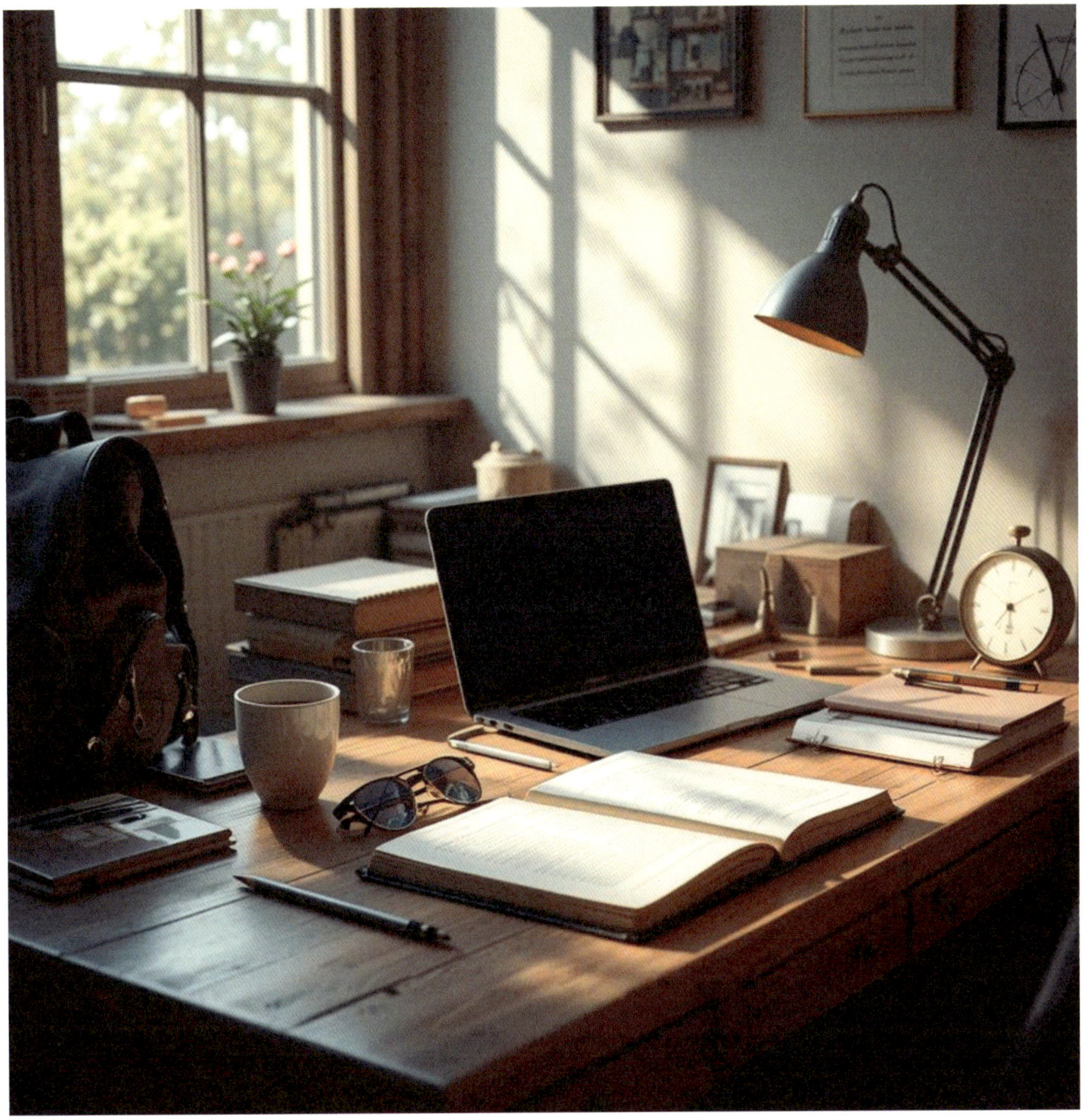

Lección 4

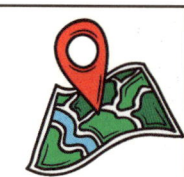

Actividad 3 Describe el espacio
活動 3 描述空間

Describe tu habitación

描述你的房間

Usa el verbo "*estar*" para describir tu habitación.

Cada estudiante debe describir su habitación usando frases simples. El resto de los estudiantes pueden hacer preguntas para obtener más detalles y dibujan la habitación según la descripción.

用「estar」句型來描述你的房間。

每位同學向班上描述自己的房間配置,其他同學可以發問以取得更多資訊。依據同學的描述把他的房間畫出來。

Ejemplos 例句：

Estudiante 1 學生 1：La cama está al lado de la ventana y la lámpara está sobre la mesilla.（床在窗戶旁邊，燈在小桌子上。）

Estudiante 2 學生 2：¿Dónde está la televisión?（電視在哪裡？）

Estudiante 1 學生 1：Está enfrente de la cama.（在床的對面。）

Lección 4

Notas culturales
文化小知識

家庭空間配置在西語系國家的重要性

　　和臺灣一樣，對西語系國家的人來說，家是日常生活和家庭聚會的核心場所。然而，他們家裡空間的配置和使用方式和我們不太相同。例如，在許多西班牙和拉丁美洲的房屋中，客廳是主要的交流場所，人們在這裡接待客人並與家人共度時光。常見的擺設包括舒適的沙發、一張茶几，以及包含家庭照片或旅行紀念品的裝飾。

　　除了客廳外，廚房也是家中非常特別的地方。在墨西哥或阿根廷，廚房通常是開放式的，而且比較寬敞。這是為了讓人們可以一邊料理一邊和親友們聊天。礙於空間的限制，臺灣家庭的廚房相較之下比較小，但麻雀雖小，五臟俱全，能夠提供日常所需的功能性設備一樣都不缺。

　　此外，西班牙語系國家家庭的一個顯著特點是庭院或花園的使用。在氣候溫暖的地方，如西班牙或哥倫比亞，這些室外空間被用來做為戶外用餐或享受陽光的場所，而這在臺灣的都市住宅中可能比較少見。

La importancia de los espacios en el hogar en los países hispanos

En los países hispanohablantes, como en Taiwán, el hogar es un espacio fundamental para la vida cotidiana y las reuniones familiares. Sin embargo, hay diferencias culturales en la forma de organizar y utilizar los espacios. Por ejemplo, en muchas casas de España y América Latina, la **sala o salón** es el centro de convivencia, donde se recibe a los invitados y se comparte tiempo con la familia. Es común encontrar sofás cómodos, una mesa de centro, y una decoración que incluye fotografías familiares o recuerdos de viajes.

Por otro lado, las cocinas también son un lugar muy especial. En países como México o Argentina, las cocinas suelen ser espacios abiertos y acogedores, donde se prepara comida mientras se charla con amigos o familiares. En comparación, en Taiwán, muchas cocinas son más pequeñas debido a las limitaciones de espacio en las viviendas urbanas, pero igualmente funcionales y eficientes.

Además, un elemento que destaca en los hogares hispanos es el uso de patios o jardines. En lugares con climas cálidos, como España o Colombia, estos espacios exteriores se aprovechan para comer al aire libre o disfrutar del sol, algo que puede ser menos común en viviendas urbanas taiwanesas.

其他的差異：

1. 對「客廳」的認知不同：

　　西班牙語中的「salón」有二個意思，可以指家中的客廳，也可以用來指舉辦會議及活動的大廳。所以「salón」這個字所指的空間比較偏向於公共空間。而在臺灣，「客廳」通常僅限於家人使用，是比較私人的空間。

2. 對「sofá」和「sillón」的區別

　　西班牙語中的「el sofá」（沙發）和「el sillón」（有扶手的椅子）是二個不同的字。「el sofá」（沙發）比較大，而且是設計給多人一起坐的，而「el sillón」（有扶手的椅子）是單人座位。在臺灣，沙發的尺寸通常比較小，而且即使是單人的座椅也可以被稱為「沙發」。

掃描 QR code 看看這些住家類型！

Curiosidad:

1. Diferencias en el concepto de "salón".

La palabra "salón" en español puede referirse tanto al "living room" como a un espacio de mayor tamaño utilizado para eventos, mientras que en Taiwán, los salones se enfocan principalmente en ser lugares privados y familiares.

2. Diferencias en el concepto de "sofá" y "sillón".

En español, el "sofá" y el "sillón" son términos distintos. Un sofá es más grande y está diseñado para varias personas, mientras que el sillón es un asiento individual. En Taiwán, aunque el mobiliario moderno también incluye sofás, muchas casas optan por muebles más compactos debido a las limitaciones de espacio.

Los hogares en España y Hispanoamérica

Apuntes 筆記

Lección 5

¡Los Gustos Explotan!

第 5 課
探索你的喜好！

Contenido

1. El verbo *gustar*
2. Adjetivos para describir los objetos
3. El vocabulario de los colores

在這一課，你將會學到：

1. 「gustar」的動詞變化與用法
2. 描述物品的形容詞
3. 顏色相關的字彙

Lección 5

　　我們常說：「青菜蘿蔔各有所好」，每個人都有自己的喜好。如果想向別人表達自己喜歡和不喜歡的事物，在西班牙語裡要怎麼說呢？我們先來看看下面的課文吧！

　　A menudo decimos: "las verduras y los rábanos tienen sus propias preferencias". Si quieres expresar lo que te gusta y lo que no te gusta a los demás, ¿qué debes decir en español? ¡Echemos un vistazo al texto!

1　Diálogo y vocabulario ｜ 課文與字彙

1.1 Diálogo ｜ 課文對話

MP3-41

Pedro: ¡Guau! Me gusta mucho esta camiseta.
María: ¿Sí?
Pedro: Me gusta mucho la mezcla de colores. El amarillo me recuerda a un día soleado.
María: A mí, no me gusta, parece la yema de un huevo frito que está roto.
Pedro: El amarillo es el sol y el azul fuerte es un río.
María: A mí, me parece una mancha; la mancha de la tinta de un bolígrafo azul.
Pedro: El verde, está claro, es la hierba con flores rosas y azules.
María: ¿Flores rosas y azules?
Pedro: Tú no entiendes de arte. A mí, me gusta el arte abstracto, los cuadros de Joan Miró. Esta camiseta me recuerda sus cuadros. ¿Me la das?
María: No es mi camiseta, es de Marta.
Marta: Hola ¿Qué hacéis con mi camiseta?
Pedro: ¿Me la das? Me gusta mucho.

-186-

Marta: ¿Te gusta la camiseta que uso cuando pinto y que está toda manchada de colores?
María: Sí, le gusta, porque sabe mucho de pintura y piensa que tu camiseta parece un cuadro de Miró. Ja ja ja.
Pedro: "Sobre gustos, colores".
Marta: Quizá deba manchar más camisetas con colores: violetas, naranjas, rojos, morados, marrones y venderlas, porque mi profesor de arte dice que no tengo futuro como pintora.

Pedro：哇！我喜歡這件 T 恤。
María：蛤？
Pedro：我很喜歡這件衣服的調色。黃色讓我想起晴天。
María：我不喜歡，看起來像弄破的荷包蛋蛋黃。
Pedro：黃色是太陽，深藍色是河流。
María：我覺得這看起來像污漬。像藍色原子筆漏水留下的污漬。
Pedro：淺綠色是粉紅和藍色花朵的葉子。
María：粉紅和藍色的花朵？
Pedro：妳不懂藝術啦！我喜歡抽象藝術，像是米羅的畫。這件 T 恤讓我想起米羅的畫。可以把這件 T 恤送我嗎？
María：這不是我的，是 Marta 的。
Marta：嗨！你們拿著我的 T 恤做什麼？
Pedro：可以把這件 T 恤給我嗎？我很喜歡。
Marta：你喜歡我作畫時穿的 T 恤？上面都是各種顏色的污漬。
María：對啊！他喜歡。因為他超懂畫，而且他覺得你的 T 恤像一幅米羅的畫。哈哈哈！
Pedro：各人品味不同，就如同色彩各異一樣。
Marta：或許我該弄髒更多 T 恤，弄上更多顏色：深紫、橘、紅、淺紫、和酒紅色，然後把它們賣掉。我的美術老師還說我不是個當畫家的料。

Lección 5

1.2 Vocabulario ｜ 單字

Los colores 描述顏色的形容詞　　　MP3-42

Español 西班牙語	Traducción en chino 中文
amarillo/a	黃色的
azul	藍色的
blanco/a	白色的
celeste	天藍色的
gris	灰色的
marrón	咖啡色的
morado/a	紫色的
naranja	橘色的
negro/a	黑色的
rojo/a	紅色的
rosa	粉紅色的
verde	綠色的
violeta	深紫色的

Adjetivos para describir los objetos 描述物品的形容詞　　MP3-43

Español 西班牙語	Traducción en chino 中文
ancho/a	寬的
antiguo/a	古老的
artificial	人工的
barato/a	便宜的
brillante	閃亮的
blando/a	軟的
bonito/a	好看的
caro/a	貴的
colorido/a	色彩繽紛的
débil	弱的
delicado/a	精緻的
delgado/a	細的
duro/a	硬的
estrecho/a	窄的
feo/a	醜的
fino/a	細緻的
flexible	有彈性的

Lección 5

Español 西班牙語	Traducción en chino 中文
frágil	易碎的
grueso/a	厚的
lento/a	慢的
ligero/a	輕的
limpio/a	乾淨的
lujoso/a	豪華的
moderno/a	時髦的
natural	天然的
nuevo/a	新的
opaco/a	模糊的
oscuro/a	暗的
pesado/a	重的
resistente	耐用的
reluciente	光亮的
rígido/a	堅硬的
rugoso/a	粗糙的、凹凸不平的
sano/a	健康的
sencillo/a	簡樸的

Español 西班牙語	Traducción en chino 中文
suave	柔軟的
sucio/a	骯髒的
transparente	透明的

Lección 5

2 Explicación gramatical ｜ 文法解說

2.1 動詞「gustar」

首先，我們先來看看動詞「gustar」的動詞變化： ▶ MP3-44

	gustar（喜歡）
Yo	gusto
Tú	gustas
Él / Ella / Ud.	gusta
Nosotros / Nosotras	gustamos
Vosotros / Vosotras	gustáis
Ellos / Ellas / Uds.	gustan

　　西班牙語用動詞「gustar」來表達「喜歡」的意思。但是西班牙語對喜歡的表達方式和中文截然不同。中文的表達方式是由人來主動喜歡某樣事物，但西班牙語的表達方式是以事物為主體。也就是說，是某件事物給人喜歡的感覺。因此，在表達喜好的時候，動詞「gustar」是隨著讓人喜歡的事物來改變型態。如果喜歡的事物是單數，就用第三人稱單數的變化「gusta」，如果喜歡的事物是複數，那就用第三人稱複數的變化「gustan」。

2.1 El verbo *"gustar"*

Primero, echemos un vistazo a la conjugación verbal del verbo *"gustar"*:

	gustar
Yo	gusto
Tú	gustas
Él / Ella / Ud.	gusta
Nosotros / Nosotras	gustamos
Vosotros / Vosotras	gustáis
Ellos / Ellas / Uds.	gustan

En español, se utiliza el verbo "gustar" para expresar agrado. Pero la forma en que se expresa el amor en español es completamente diferente a la del chino. En la expresión china, la gente toma la iniciativa de que le guste algo, pero la expresión española destaca las cosas. En otras palabras, es la sensación de que algo gusta a la gente. Por eso, al expresar preferencias, el verbo "gustar" cambia de forma según las cosas que le gustan a la gente. Si lo que te gusta es singular, usa la tercera persona del singular "gusta"; si lo que te gusta es plural, usa la tercera persona del plural "gustan".

2.2 間接受詞代名詞

　　間接受詞代名詞是什麼呢？當我們說「我送你一份禮物」，在這個句子裡，被送出去的是禮物，這是直接受詞，而接受禮物的人（你）則是間接受詞。西班牙語的間接受詞代名詞類似英文裡的「me」、「you」、「him」、「her」、「them」，是用來代替原本應該出現的人名。以下是西班牙語的間接受詞代名詞：

MP3-45

A mí 我	me
A ti 你	te
A él 他 A ella 她 A Ud. 您	le
A nosotros A nosotras 我們	nos
A vosotros 你們 A vosotras 妳們	os
A ellos 他們 A ellas 她們 A Uds. 您們	les

2.2 Los pronombres de objeto indirecto

¿Qué es un pronombre objeto indirecto? Cuando decimos "te doy un regalo", en esta frase, se da el regalo, que es el objeto directo, y la persona que recibe el regalo (tú) es el objeto indirecto. Los pronombres de objeto indirecto en español son similares a "me", "you", "him", "her" y "them" en inglés. Se utilizan para reemplazar el nombre de la persona que debería aparecer originalmente. Los siguientes son pronombres de objeto indirecto en español:

A mí	me
A ti	te
A él A ella A Ud.	le
A nosotros A nosotras	nos
A vosotros A vosotras	os
A ellos A ellas A Uds.	les

◆ **Ejercicio 1 互動小習題 1**

請選出正確的答案來完成句子

（請掃描 QR code）

Lección 5

3 Estructuras｜句型架構

3.1（A＋人）＋間接受詞代名詞＋「gustar」＋定冠詞 / 指示形容詞＋事物（…喜歡…）

在文法解說中，我們學到了動詞「gustar」和間接受詞代名詞的基本型態。現在我們要把這二個部分結合，來表達自己的喜好。在這個句型裡，間接受詞代名詞必須放在動詞「gustar」的前面，讓人感到喜歡的事物放「gustar」的後面。而「gustar」的動詞變化必須隨著出現在後面的事物來變化。例如：

（1）Me gusta esta camiseta.（我喜歡這件 T 恤。）

例句（1）裡感受到喜歡的感覺的人是我，所以我們用第一人稱單數的間接受詞代名詞「me」，讓我有喜歡的感覺的物品是「esta camiseta」（這件 T 恤），也是這個句子的主詞，因此動詞「gustar」必須隨著「esta camiseta」的人稱來做變化。因為「esta camiseta」是單數名詞，所以我們使用「gustar」第三人稱單數的變化「gusta」。

如果讓人喜歡的事物是複數時，動詞「gusta」必須變化成第三人稱複數的型態。例如：

（2）Me gustan estos zapatos.（我喜歡這雙鞋子。）

在例句（2）中，因為「estos zapatos」（這雙鞋子）是複數，所以「gustar」變成第三人稱複數的「gustan」。

假如我們想表達某人（如：María）喜歡某項事物，我們在間接受詞代名詞前面放上「a＋名字」，例如：

（3）A María le gusta esa camisa amarilla.（María 喜歡那件黃色襯衫。）

3.1 (A + persona) + pronombre de objeto indirecto + la conjugación del verbo "gustar" + artículo definido / demostrativo + sustantivo

En la explicación gramatical aprendimos las formas básicas del verbo "gustar" y los pronombres de objeto indirecto. Ahora tenemos que combinar estas dos partes para expresar nuestras preferencias. En esta estructura, el pronombre de objeto indirecto debe colocarse delante del verbo "gustar", y las cosas que gustan a la gente se colocan después de "gustar". La conjugación del verbo "gustar" debe concordar con lo que viene a continuación, es decir, con la cosa que gusta. Por ejemplo:

(1) Me gusta esta camiseta.

En la oración del ejemplo (1), la persona que siente el sentimiento de agrado soy "yo", por lo que usamos el pronombre indirecto de primera persona del singular "me", y la cosa que me hace sentir el sentimiento de agrado es "esta camiseta". También es el sujeto de esta oración, por lo que el verbo "gustar" debe conjugarse concordando con la persona de "esta camiseta". Debido a que "esta camiseta" es un sustantivo singular, usamos la tercera persona del singular de "gustar": "gusta".

Si el sustantivo está en plural, el verbo "gustar" debe conjugarse en tercera persona del plural. Por ejemplo:

(2) Me gustan estos zapatos.

Debido a que "estos zapatos" es plural, "gustar" se conjuga en la tercera persona del plural "gustan".

Si queremos expresar que a alguien (por ejemplo: María) le gusta algo, anteponemos "a + nombre" al pronombre de objeto indirecto, por ejemplo:

(3) A María le gusta esa camisa amarilla.

Lección 5

　　被黃色襯衫給予喜歡的感覺的人是 María，所以她是間接受詞。我們在名字的前面放上「A」，後面加上 María 來標記她是間接受詞。因為 María 是「她」（ella），所以在名字的後面我們用第三人稱單數的間接受詞代名詞「le」。讓 María 有喜歡感覺的事物「esa camisa amarilla」（那件黃色襯衫），這是一個單數名詞，所以動詞「gustar」用第三人稱單數變化的「gusta」。

　　如果感受到喜歡的對象是兩個人，如 María 和 Pedro，我們會把他們的名字放在「A」的後面，並使用第三人稱複數的間接受詞代名詞「les」，請見例句 (4)。

　　(4) A María y a Pedro les gusta esa camisa amarilla.（María 和 Pedro 喜歡那件黃色襯衫。）

　　要注意的是，在這個句型中，作為主詞的事物前面必須加上定冠詞或是指示形容詞（este、esta、ese…等）。我們不可以說：

　　(5) Me gusta vestido.（×）（我喜歡洋裝。）

正確的說法應該是：

　　(6) Me gusta el vestido.（我喜歡洋裝。）

或是

　　(7) Me gusta este vestido.（我喜歡這件洋裝。）

La persona a la que le da el sentimiento de agrado la camiseta amarilla es María, por lo que es un sujeto indirecto. Ponemos una "A" delante del nombre "María" para marcarla como sujeto indirecto. Como María es ella (ella), utilizamos el pronombre indirecto en tercera persona del singular "le" después del nombre. Lo que le gusta a María es "esa camisa amarilla". Este es un sustantivo singular, por eso el verbo "gustar" se conjuga en tercera persona del singular: "gusta".

Si las personas que tienen el sentimiento de agrado son dos personas, como María y Pedro, pondremos sus nombres después de "A" y usaremos el pronombre de objeto indirecto de tercera persona del plural "les", ver oración del ejemplo (4).

(4) A María y a Pedro les gusta esa camisa amarilla.

Cabe señalar que, en esta estructura de la oración, el sujeto debe ir precedido de un artículo definido o simplemente de un demostrativo (este, esta, ese, etc.). Por lo tanto "No" podemos decir:

(5) Me gusta vestido. (×)

Podemos decir:

(6) Me gusta el vestido.

(7) Me gusta este vestido.

◆ **Ejercicio 2 互動小習題 2**

請判斷這些句子是否正確

（請掃描 QR code）

3.2（A＋人）＋間接受詞代名詞＋ gustar ＋ mucho / poco ＋事物（…非常喜歡 / 不太喜歡…）

當我們想表達喜歡的程度，會在動詞「gustar」的後面加上「mucho」（非常）或是「poco」（很少）。例如：

（8）Me gusta mucho la mezcla de colores.（我很喜歡這個配色。）

句子中的「mucho」是用來表現讓人喜歡的程度，表示非常喜歡。如果不太喜歡，那我們可以說：

（9）Me gusta poco la mezcla de colores.（我不太喜歡這個配色。）

例句（9）的「poco」（很少）表現讓人喜歡的程度較低。

3.2 (A + persona) + pronombre de objeto indirecto + la conjugación del verbo "gustar" + mucho/ poco + sustantivo

Cuando queremos expresar cuánto nos gusta alguien o algo, añadimos "mucho" o "poco" después del verbo "gustar". Por ejemplo:

(8) Me gusta mucho la mezcla de colores.

La palabra "mucho" en el ejemplo (8) se usa para expresar el grado de simpatía, lo que significa que te gusta mucho. Si no te gusta, entonces podemos decir:

(9) Me gusta poco la mezcla de colores.

La palabra "poco" en el ejemplo (9) indica que es menos agradable.

3.3（A＋人）＋no＋間接受詞代名詞＋gustar＋（nada）＋事物（…不喜歡…）

延續前面的句型，如果我們要表示不喜歡，將否定的「no」放在間接受詞代名詞的前面。例如：

（10）No me gusta esta camiseta.（我不喜歡這件 T 恤。）

在這個否定句中，我們把「no」放在間接受詞代名詞「me」的前面。如果我們要表達某人不喜歡某項事物，把「A」和人名放在「no」的前面，如例句（11）。

（11）A María no le gusta la falda roja.（María 不喜歡紅色裙子。）

我們也可以同時在動詞「gustar」的後面加上「nada」來強調「一點也不喜歡」，如例句（12）。

（12）No me gusta nada esta camiseta.（我一點都不喜歡這件 T 恤。）

表示否定的「no」和「nada」必須一起使用，才能表現「一點也不」的意思，所以不可以說：

（13）Me gusta nada esta camiseta.（×）（我一點都不喜歡這件 T 恤。）

3.3 (A + persona) + no + pronombre de objeto indirecto + la conjugación del verbo "gustar" + (nada) + sustantivo

Siguiendo con la estructura de la oración anterior, si queremos expresar disgusto, debemos colocar el "no" negativo delante del pronombre de objeto indirecto. Por ejemplo:

(10) No me gusta esta camiseta.

En esta oración negativa, ponemos "no" delante del pronombre de objeto indirecto "me". Si queremos expresar que a alguien no le gusta algo anteponemos "A" y el nombre de la persona a "no", como en el ejemplo (11).

(11) A María no le gusta la falda roja.

También podemos agregar "nada" después del verbo "gustar" para enfatizar "no me gusta nada", como en la oración (12).

(12) No me gusta nada esta camiseta.

Los negativos "no" y "nada" deben usarse juntos para expresar el significado de "en absoluto", por lo que no se puede decir:

(13) Me gusta nada esta camiseta. (✗)

◆ **Ejercicio 3 互動小習題 3**

請將下面文字排列成正確的句子
　（請掃描 QR code）

Lección 5

Ejercicios Orales
口語練習

Actividad 1 Señala los objetos

活動 1 物品指認

1. Señala las imágenes que tengan el color azul:

請指出下列圖畫中顏色是「azul」的物品：

2. Señala las imágenes que tengan el color rosa:

請指出下列圖畫中顏色是「rosa」的物品：

Lección 5

3. Señala las verduras y frutas que tengan el color morado y el rojo:

請指出下列蔬果中顏色是「morado」和「rojo」的：

4. Adivina qué es.

閱讀下面的描述，猜猜看是下面哪樣蔬菜

Es verde oscuro por fuera, verde claro en el interior y tiene un hueso redondo, duro y marrón en el interior.

Lección 5

Actividad 2 Describe los objetos

活動 2 物品描述

1. Describe un objeto y tu compañero debe adivinar cuál es:

   描述下面圖片中的其中一樣物品，讓同伴猜猜你說的是哪樣物品。

2. Describe a tu compañero tu verdura favorita y tu compañero tiene que adivinarla.

向你的同伴描述你最喜歡的蔬菜的外觀，你的同伴必須猜出你喜歡的蔬菜。

Lección 5

3. Estos son los trajes típicos de Bolivia. Di los colores del traje del hombre. Di los colores del traje de la mujer.

這是玻利維亞的傳統服飾。請分別說出男生和女生服裝的顏色。

4. Estos son algunos trajes típicos del sur de España. Di los colores del traje del hombre. Di los colores del traje de la mujer.

這是西班牙的傳統服飾。請分別說出男生和女生服裝的顏色。

5. ¿Qué cosas tienen en común el traje boliviano y el español? ¿Qué cosas son diferentes en el traje boliviano y el español?

看完上面的圖片，你覺得玻利維亞和西班牙的服裝有什麼相同之處？有什麼不同之處？

Lección 5

6. Describe la muñeca que más te guste.

請描述下面的娃娃中你最喜歡的那一個。

Apuntes 筆記

Lección 5

Notas culturales
文化小知識

西班牙和拉丁美洲的傳統服飾

傳統服飾是西班牙和拉丁美洲的重要文化代表。它們反映了不同地區的歷史、傳統和生活方式，並且通常與節慶或傳統活動相關。在臺灣，這些國家豐富的文化透過各種交流活動及展覽越來越廣為人知。

西班牙傳統服飾

西班牙的每個地區都有代表其文化身份的傳統服飾。其中較具代表性的有：

- **佛朗明哥舞裙（安達盧西亞）**：這可能是國際上最著名的西班牙傳統服飾。這種服飾的特點是有褶邊、鮮豔的顏色和圓點圖案。女性通常會在塞爾維亞的四月節等慶典中穿著。

- **楚拉坡服（馬德里）**：這種服飾會在聖伊西德羅節日中穿戴。男性穿著緊身夾克和一頂便帽或被稱「parpusa」的鴨舌帽，女性則穿著印花連衣裙和馬尼拉披肩。

人們通常在節慶時穿著上述服裝，而隨著佛朗明哥舞蹈和音樂漸漸在臺灣打出知名度，這些服裝也成臺灣人認知中代表西班牙的傳統服飾。

Trajes Típicos de España y América Latina

Los trajes típicos son una representación cultural muy importante en España y América Latina. Reflejan la historia, las tradiciones y el estilo de vida de diferentes regiones, y a menudo están ligados a festividades o actividades tradicionales. En Taiwán, la riqueza cultural de estos países es cada vez más conocida gracias a festivales, intercambios culturales y eventos como ferias y semanas culturales.

Trajes típicos de España

En España, cada región tiene un traje típico que representa su identidad cultural. Algunos de los más emblemáticos son:

- **El traje de flamenca (Andalucía)**: Es probablemente el más famoso a nivel internacional. Las mujeres lo lucen durante ferias como la Feria de Abril en Sevilla. Este traje se caracteriza por sus volantes, colores vivos y lunares.
- **El traje de chulapo/a (Madrid)**: Se usa en las fiestas de San Isidro. Los hombres llevan una chaqueta ajustada y una gorra o "parpusa", mientras que las mujeres usan vestidos ajustados de lunares y un mantón de Manila.

Estos trajes se utilizan durante eventos folclóricos que también son representados en festivales multiculturales en Taiwán, donde la música y el baile flamenco han ganado popularidad.

Lección 5

拉丁美洲的傳統服飾

在拉丁美洲，不同地區的傳統服飾各有特色，並且深受當地原住民、非洲和歐洲文化的影響。以下是幾個較為著名的例子：

- **查羅服（墨西哥）**：傳統上與墨西哥傳統音樂 Mariachi（以小型樂隊形式演出的節慶音樂）有關，這種服飾通常裝飾著華麗的金銀刺繡，是墨西哥的文化象徵之一。

- **波列拉裙（巴拿馬）**：這是一種寬鬆的裙子，裝飾有蕾絲和當地植物圖案的刺繡。

- **喬麗塔服（玻利維亞和秘魯）**：包括寬裙、襯衫、帽子和披肩。這種服飾代表了當地女性原住民引以為傲的文化傳統。

掃描 QR code 看看這些美麗的傳統服飾吧！

Trajes típicos de América Latina

En América Latina, los trajes típicos también varían por región y están profundamente influenciados por las culturas indígenas, africanas y europeas. Algunos ejemplos son:

- El traje de charro (México): Tradicionalmente asociado con los mariachis, este traje es un símbolo de México. Está ricamente decorado con bordados de oro o plata.
- El traje de pollera (Panamá): Es un vestido amplio y decorado con encajes y bordados que representan la flora local.
- El traje de cholita (Bolivia y Perú): Incluye una falda amplia, blusa, sombrero y manta. Este traje representa el orgullo de las mujeres indígenas.

En Taiwán, las embajadas y comunidades latinoamericanas suelen organizar eventos para mostrar estos trajes, permitiendo que los taiwaneses aprecien la diversidad cultural de América Latina. Los trajes típicos a menudo se presentan en desfiles o exposiciones durante la Semana Cultural Española o Latinoamericana, que cuentan con gran participación local. Además, las escuelas de idiomas en Taiwán, que enseñan español, incluyen estos temas como parte de sus clases culturales, ayudando a los estudiantes a relacionar el idioma con su contexto cultural.

De esta manera, el aprendizaje del español en Taiwán no solo se limita al idioma, sino que también se convierte en una ventana a la riqueza cultural de los países hispanohablantes, fortaleciendo los lazos entre regiones tan diversas.

Los trajes tradicionales

Apuntes 筆記

Lección 6

¡Compras, Compras, Compras!

第 6 課
買買買！

Contenido

1. Números
2. Preguntar los precios
3. Expresar los precios

在這一課，你將會學到：

1. 介紹數字
2. 關於詢問價錢的句型
3. 表達價錢的方式

Lección 6

你喜歡逛街買東西，還是網路購物呢？看到喜歡的東西，實在很難不買回家吧？我們來學學怎麼用西班牙語購物吧！有機會去旅行的話，就可以大買特買囉！

¿Prefieres ir de compras o comprar en línea? Cuando ves algo que te gusta te es difícil no comprártelo y llevártelo a casa, ¿verdad? ¡Aprendamos a comprar en español! Si tienes la oportunidad de viajar, ¡puedes comprar a lo grande!

1　Diálogo y vocabulario ｜ 課文與字彙

1.1 Diálogo ｜ 課文對話

▶ MP3-46

María: Mira, ahí hay una tienda de "MINGO", es mi marca favorita. Vamos a ver si hay algo que me gusta.

Pedro: ¡Vale!

María: Pedro, me gusta esta minifalda negra de punto con abalorios de lentejuelas.

Pedro: Mira el precio. La falda cuesta 49,95 euros.

María: ¡Madre mía!

Pedro: Mira, esta minifalda de punto con tablas cuesta solo 25,45 euros.

María: Pero es amarilla y no me gusta el color amarillo. Me gusta la negra.

Pedro: Pero no tienes 50 euros.

María: Le voy a decir a mamá que me los dé.

Pedro: Mamá va a decir que no.

María: Sí, me los va a dar cuando le diga que voy a sacar 100 en el examen de español.

Pedro: Ja ja ja, 100 tú en español. No estudias, así que seguro que sacas solo 30.

María：¡Qué malo eres!

Pedro：Vamos a ver las camisetas, seguro que encuentras alguna por menos de 10 euros.

María：你看，那有一間「MINGO」，我最喜歡的品牌。我們去看看有沒有什麼我喜歡的東西。

Pedro：好啊！

María：Pedro，我喜歡這件有亮片的黑色針織迷你裙。

Pedro：妳看價錢，這件裙子要 49.95 歐元。

María：天啊！

Pedro：妳看，這條百褶迷你裙只要 25.45 歐元。

María：但是那是黃色的。我不喜歡黃色，我喜歡黑色。

Pedro：但是妳沒有 50 歐元啊！

María：我要叫媽媽買給我。

Pedro：媽媽一定會說不要的。

María：她會買給我的，我要跟她說我下次西班牙語考試會考 100 分，叫她先買給我。

Pedro：哈哈！妳？西班牙語考試考 100？妳根本不讀書，我很確定妳只會考 30 分。

María：你很壞欸！

Pedro：我們去看看小可愛好了，我相信妳一定會找到 10 歐元以下的衣服。

Lección 6

1.2 Vocabulario ｜ 單字

Los números en español 0~1000 西班牙語的數字 0 ～ 1000　MP3-47

Número 數字	Español 西班牙語	Número 數字	Español 西班牙語	Número 數字	Español 西班牙語
0	cero	11	once	22	veintidós
1	uno	12	doce	23	veintitrés
2	dos	13	trece	24	veinticuatro
3	tres	14	catorce	25	veinticinco
4	cuatro	15	quince	26	veintiséis
5	cinco	16	dieciséis	27	veintisiete
6	seis	17	diecisiete	28	veintiocho
7	siete	18	dieciocho	29	veintinueve
8	ocho	19	diecinueve	30	treinta
9	nueve	20	veinte		
10	diez	21	veintiuno		

▶ MP3-48

Número 數字	Español 西班牙語	Número 數字	Español 西班牙語	Número 數字	Español 西班牙語
40	cuarenta	50	cincuenta	60	sesenta
70	setenta	80	ochenta	90	noventa

▶ MP3-49

Número 數字	Español 西班牙語	Número 數字	Español 西班牙語
100	cien	101	ciento uno
200	doscientos	300	trescientos
400	cuatrocientos	500	quinientos
600	seiscientos	700	setecientos
800	ochocientos	900	novecientos
1000	mil		

Lección 6

　　西班牙語的數字從 0 到 20 為不規則，21 至 29 的組合原則為 20（veinte）加上個位數字，但十位數和個位數必須結合為一個單字，所以要注意重音標記。從 31 開始，則用「y」來連結十位數和個位數，如：treinta y uno（31）、cuarenta y cinco（45）、noventa y ocho（98）。至於百位數，要注意的是整數 100 和 101 之後的差異。整數 100 為「cien」，但 101 至 199 時，百位數變成「ciento」，如：ciento uno（101）、ciento noventa y nueve（199）。101 以後的數字表達方式為百位數後面直接加上十位數及個位數，百位數和十位數之間不需要加上「y」，如 doscientos veinte（220）不可說成「doscientos y veinte」。

Los números en español del 0 al 20 son irregulares. El principio de la combinación del 21 al 29 es 20 (veinte) más las unidades. Sin embargo, las decenas y las unidades deben combinarse en una sola palabra, así que presta atención a la tilde. A partir de 31, usa la "y" para unir las decenas con las unidades, como: treinta *y* uno (31), cuarenta *y* cinco (45), noventa *y* ocho (98). En cuanto al dígito de las centenas, observa la diferencia entre los números enteros después de 100 y 101. El número entero 100 es "cien", pero de 101 a 199, el dígito de las centenas se convierte en "ciento", como por ejemplo: ciento uno (101), ciento noventa *y* nueve (199). Los números después de 101 se expresan sumando decenas y unidades directamente después de las centenas. No es necesario añadir "y" entre las centenas y las decenas. Por ejemplo: doscientos veinte (220) no se puede decir: "doscientos y veinte" (X).

Lección 6

La ropa 和服裝相關的單字　　　▶ MP3-50

Español 西班牙語	Traducción en chino 中文
el abrigo	大衣
la bata	浴袍
las botas	靴子
la blusa	女生的襯衫
la bufanda	圍巾
los calcetines	襪子
la camisa	襯衫
la camiseta	T-shirt
la chaqueta	夾克
el chaleco	背心
la corbata	領帶
la falda	裙子
la gorra	運動帽
los guantes	手套
el jersey	毛衣
las medias	長筒襪

Español 西班牙語	Traducción en chino 中文
el pijama (España) **la pijama (Latinoamérica)**	睡衣（el pijama 是西班牙用法， la pijama 是中南美洲用法）
las sandalias	涼鞋
los pantalones	褲子
el sombrero	帽子
el suéter	厚的運動 T-shirt
el traje	西裝
los vaqueros	牛仔褲
el vestido	洋裝
los zapatos	鞋子
los zapatos de tacón	高跟鞋
las zapatillas	運動鞋

Lección 6

Los patrones de ropa 描述衣服圖案的單字　　MP3-51

Español 西班牙語	Traducción en chino 中文
a rayas	有條紋
a rayas verticales	直條紋
a rayas horizontales	橫條紋
a cuadros	格子
de lunares	圓點
estampado/a	印花的 (adj.)
liso/a	素色的 (adj.)
floreado/a	有花朵圖案的 (adj.)
de camuflaje	迷彩
con dibujos	有圖案

Apuntes 筆記

2 Explicación gramatical ｜ 文法解說

2.1 動詞「haber」

西班牙語的動詞「haber」有很多用法，在這一課裡，我們看到的是用來表現「有…」的用法，類似英文裡「There is / are」。西班牙語中的這個用法是無人稱的，所以「haber」只有一個動詞變化形態──「hay」。不論後面出現的名詞是單數還是複數，動詞都是「hay」。例如：

（1）Vamos a ver si hay algo que me gusta.（我們去看看有沒有什麼我喜歡的東西。）

（2）Hay unas tiendas en esta calle.（這條街上有幾家商店。）

例句（1）中的名詞「algo」（某物）是單數名詞，例句（2）中的「tiendas」（商店）是複數名詞，但二個句子中的「haber」動詞都變化成「hay」。

另外，「hay」的後面不可以使用定冠詞，只能使用不定冠詞或數量。例如：

（3）Hay el supermercado en esta calle.（×）（這條街上有一家超市。）

（4）Hay un supermercado en esta calle.（這條街上有一家超市。）

（5）Hay unos supermercados en esta calle.（這條街上有幾家超市。）

2.1 El verbo *haber*

El verbo "haber" en español tiene muchos usos. En esta lección vamos a ver cómo se usa para expresar "there is...", similar a "There is / are" en inglés. Este uso en español es impersonal, por lo que "haber" tiene sólo una forma de conjugación verbal: hay. Independientemente de si el siguiente sustantivo es singular o plural, el verbo es "hay". Por ejemplo:

(1) Vamos a ver si hay algo que me gusta.

(2) Hay unas tiendas en esta calle.

El sustantivo "algo" en la oración del ejemplo (1) es un sustantivo singular, y "tiendas" en la oración del ejemplo (2) es un sustantivo plural, pero el verbo "haber" en ambas oraciones se conjuga en "hay".

Además, no se puede utilizar el artículo definido después de "hay", sólo se puede utilizar el artículo indefinido por su matiz de cantidad. Por ejemplo:

(3) Hay el supermercado en esta calle. (×)

(4) Hay un supermercado en esta calle.

(5) Hay unos supermercados en esta calle.

◆ **Ejercicio 1 互動小習題 1**

請選出正確的答案來完成句子

（請掃描 QR code）

2.2 動詞「costar」

動詞「costar」（花費）是一個音變動詞，動詞變化如下： ▶ MP3-52

	costar（花費）
Yo	cuesto
Tú	cuestas
Él / Ella / Ud.	cuesta
Nosotros / Nosotras	costamos
Vosotros / Vosotras	costáis
Ellos / Ellas / Uds.	cuestan

這個動詞通常用來表達物品的價錢，所以最常使用第三人稱單數和複數的型態。例如：

（6）La falda cuesta 49,95 euros.（這件裙子要 49.95 歐元。）

（7）Estos zapatos cuestan 68 euros.（這件裙子要 68 歐元。）

例句（6）的主詞是「la falda」（裙子）是單數名詞，所以動詞「costar」為第三人稱單數的型態「cuesta」。例句（7）的主詞「zapatos」（鞋子）是複數名詞，所以動詞「costar」變化為第三人稱複數型態「cuestan」。

2.2 El verbo *costar*

El verbo "costar" es un verbo con cambio en la raíz y el verbo se conjuga de la siguiente manera:

	costar
Yo	cuesto
Tú	cuestas
Él / Ella / Ud.	cuesta
Nosotros / Nosotras	costamos
Vosotros / Vosotras	costáis
Ellos / Ellas / Uds.	cuestan

Este verbo generalmente se usa para expresar el precio de un artículo, por lo que suelen emplearse en sus formas de tercera persona del singular y del plural. Por ejemplo:

(6) La falda cuesta 49,95 euros.

(7) Estos zapatos cuestan 68 euros.

El sujeto de la oración del ejemplo (6) es "la falda", que es un sustantivo singular, por lo que el verbo "costar" está en tercera persona del singular "cuesta". El sujeto "zapatos" en la oración del ejemplo (7) es un sustantivo plural, por lo que el verbo "costar" se conjuga en tercera persona del plural "cuestan".

◆ **Ejercicio 2 互動小習題 2**

請選出正確答案來完成句子
（請掃描 QR code）

Lección 6

3　Estructuras｜句型架構

3.1 定冠詞 / 指示形容詞＋名詞＋ cuesta / cuestan ＋金額（…值多少錢）

　　這個句型是用來表示某項物品的價錢。要注意的是在表示物品的名詞前面必須加上定冠詞（el、la、los、las）或指示形容詞（este 這個、ese 那個、estos 這些…等）。相信大家現在對定冠詞已經有概念了，那麼我們來看看西班牙語的指示形容詞：

這個 / 這些（離說話者近）　　MP3-53

	Masculino 陽性	Femenino 陰性
Singular 單數	este	esta
Plural 複數	estos	estas

那個 / 那些（離聽話者近）　　MP3-54

	Masculino 陽性	Femenino 陰性
Singular 單數	ese	esa
Plural 複數	esos	esas

那個 / 那些（離說話者和聽話者都遠）　　MP3-55

	Masculino 陽性	Femenino 陰性
Singular 單數	aquel	aquella
Plural 複數	aquellos	aquellas

例如：

(8) Esa camisa roja cuesta 25 euros.（那件紅色襯衫要 25 歐元。〔襯衫所在的位置離聽話的人較近〕）

(9) Aquellos guantes grises cuestan 125,25 euros.（那雙灰色手套要 125.25 歐元。〔襯衫所在的位置離聽話和說話的人都遠〕）

3.1 Artículo definido / demostrativo + sustantivo + cuesta / cuestan + cantidad (...cuánto vale)

Esta estructura de oración se utiliza para expresar el precio de un artículo. Cabe señalar que se debe agregar el artículo definido (el, la, los, las) o un demostrativo (este, ese, estos, etc.) antes del sustantivo que indica el objeto. Creo que ahora todo el mundo tiene un concepto del artículo definido, así que echemos un vistazo a los demostrativos en español:

	masculino	femenino
singular	este	esta
plural	estos	estas

	masculino	femenino
singular	ese	esa
plural	esos	esas

	masculino	femenino
singular	aquel	aquella
plural	aquellos	aquellas

Por ejemplo:

(8) Esa camisa roja cuesta 25 euros.

(9) Aquellos guantes grises cuestan 125,25 euros.

Lección 6

　　另外，西班牙語表達價錢時，小數點前面的數字為一個組合，單位是歐元。小數點後的數字為另一組合，單位是分。如例句（9）中的「125.25 歐元」會說成「ciento veinticinco euros con veinticinco céntimos」（125 歐元和 25 分）。

3.2 ¿Cuánto cuesta / cuestan ＋定冠詞 / 指示形容詞＋名詞？（…要多少錢？）

　　既然學會了表達物品的價錢，我們也來學學如何詢問價錢。這個句型中「cuánto」（多少）是疑問詞，所以在字母「a」的上方有重音標記。動詞「cuesta / cuestan」必須依照句中名詞的單複數來變化。例如：

　　（10）¿Cuánto cuesta el vestido azul?（這件藍色洋裝多少錢？）

　　（11）¿Cuánto cuestan los guantes grises?（這副灰色手套多少錢？）

　　例句（10）裡的名詞是單數名詞「vestido」（洋裝），所以動詞使用第三人稱單數的「cuesta」。例句（11）中的名詞是複數的「guantes」（手套），所以使用第三人稱複數的「cuestan」。

Además, al expresar precios en español, el número anterior a la coma indica el número entero en euros. El número después de la coma se refiere a los céntimos. Por ejemplo, los "125,25 euros" de la frase (9) se leerían como "ciento veinticinco euros con veinticinco céntimos" (125 euros con 25 céntimos).

3.2 ¿Cuánto cuesta / cuestan + artículo definido / demostrativo + sustantivo (…¿Cuánto cuesta?)

Ahora que hemos aprendido a expresar el precio de un artículo, veamos como preguntarlo. "Cuánto" en la estructura de esta oración es una palabra interrogativa, por lo que hay una tilde encima de la letra "a". El verbo "cuesta/ cuestan" debe usarse dependiendo de si el sustantivo en la oración está en singular o en plural. Por ejemplo:

(10) ¿Cuánto cuesta el vestido azul?

(11) ¿Cuánto cuestan los guantes grises?

El sustantivo en la oración del ejemplo (10) es un sustantivo singular "vestido", por lo que se usa la tercera persona del singular "cuesta". El sustantivo en el ejemplo (11) es plural "guantes", por lo que se usa la tercera persona del plural "cuestan".

◆ **Ejercicio 3 互動小習題 3**

請選出正確答案來完成句子

（請掃描 QR code）

Lección 6

Ejercicios Orales
口語練習

Actividad 1 Bingo
活動1. 賓果遊戲

1. Llene la tabla que aparece a continuación con números del 1 al 30 al azar.

   在下面表格裡隨意填上 1-30 的數字。

2. El profesor pide a los estudiantes que lean los números en voz alta. Los estudiantes marcan los números que escuchen con una X en la tabla.

   老師會請同學唸出數字,請把聽到的數字在表格中打 ×。

3. La primera persona en formar tres líneas gana.

   最先連成三條線的人勝利。

Actividad 2 Ir de compras
活動 2. 買東西

1. Juega a los vendedores con tu compañero. Una hace el rol de dependiente y el otro de cliente.

   我們來角色扮演！一位同學扮演店員，另一位扮演顧客。

2. Aquí tienes algunos dibujos de ropa y accesorios que puedes comprar. El cliente tiene que comprar por lo menos 3 cosas.

   下面這些是商店販賣的商品，顧客必須至少買 3 樣商品。

   * 149 €
   (-32%)
   99,99 €   49,99  €   129 €

Lección 6

78,10 €

*24,99 €
(-50%)
12,99 €
OFERTA

200 €

62,50 €

9,08 €

*20 €
(-60%)
12 €
OFERTA

16,77 €   85,99 €   62,99 €

*33,05 €
(-40%)
19,83 €

17,85 €

*24,79 €
(-14 %)
18,59 €

Lección 6

49,95 €   11,99 €   *38 € (-20%) 25,6 € OFERTA

30,2 €   21 €   *49,59 € (-31%) 34,21 € OFERTA

Apuntes 筆記

Lección 6

Notas culturales
文化小知識

在這個單元裡，我們學習了數字。在表達價錢的時候，了解如何使用逗號（,）和句號（.）是非常重要的。請大家想想，擁有 1.000 € 和擁有 1,000 € 是一樣的嗎？

在了解差異之前，我們必須記住，雖然在西班牙和拉丁美洲都使用西班牙語，但並非所有講西班牙語的國家都遵循相同的用法。在表達數字時，逗號和句號都可以用來分隔小數。但是要小心，這並不意味著「1.000 €」和「1,000 €」的意思是一樣的。要知道它們是否表示小數，首先要知道我們處在哪個國家。墨西哥和加勒比地區依循英美的習慣，使用句點分隔小數；而在西班牙和南錐地區（Cono Sur，即南美洲最南端的地區，包括阿根廷、智利、烏拉圭和巴拉圭），依循法國和德國的習慣，使用逗號來分隔個位數和小數。因此，我們可以看到以下差異：

1. 在墨西哥和加勒比海地區：1.000 € ＝ 一歐元，1,000 € ＝ 一千歐元。

2. 在西班牙和南錐地區：1,000 € ＝ 一歐元，1.000 € ＝ 一千歐元。

因為上述的差異常造成混淆，所以西班牙皇家語文學會建議使用逗號（,）或句號（.）來表示小數，並在書寫超過四位數的數字時，使用空格而非逗號（,）或句號（.）來區隔。例如：

1. 20,30 € ＝ 20 歐元 30 歐分

2. 20.30 € ＝ 20 歐元 30 歐分

3. 20 030 € ＝ 二萬零三十歐元

En esta lección hemos aprendido los números. Es muy importante saber cómo usar la coma (,) y el punto (.); porque: ¿es lo mismo tener 1.000 € que tener 1,000 €?

Antes de conocer la diferencia debemos recordar que en dos continentes diferentes se habla español: en España y en Hispanoamérica. El problema es que no todos los países donde se habla español siguen el mismo criterio, es decir, tanto la coma como el punto pueden separar los decimales cuando se expresan en números. Pero cuidado, eso no significa que "1.000 €" y "1,000 €" signifiquen lo mismo. Para saber si se refieren a un decimal o no, lo primero es saber en qué país estamos porque para separar los decimales en México y el Caribe se prefiere el punto, según la costumbre anglosajona, mientras que en España y el Cono Sur se prefiere la coma, según la costumbre francoalemana. Por lo tanto:

1. en México y el Caribe, 1.000 € = un euro y 1,000 € = mil euros.
2. en España y el Cono Sur, 1,000 € = un euro y 1.000 € = mil euros.

Como esto crea confusión, actualmente, la *Ortografía de la lengua española*, de las academias de la lengua, recomiendan que se utilice la coma (,) o el punto (.) para indicar los decimales, y que se deje un espacio sin coma (,) o punto (.) para escribir los números con más de cuatro dígitos. Ejemplos:

20,30 € = 20 euros con 30 céntimos.
20.30 € = 20 euros con 30 céntimos.
20 030 € = veinte mil treinta euros.

Lección 6

　　另外一個跟數字相關的差異是中文和西班牙語對百分比的表達方式。在西班牙語中，沒有「9 折」的概念，也就是說，這裡你支付 90%，並扣除 10%。在西班牙語中，折扣總是用扣除的百分比表示（即扣除 10%）。

看看如何用西班牙文殺價吧！

Cuando hablamos de porcentajes, hay una diferencia entre el sistema chino y el español. En español, no existe el concepto de "9 折", es decir, aquí pagas el 90% y te descuentan el 10%. En español, siempre se indica el descuento con el porcentaje.

Los números y la puntuación en español

Apuntes 筆記

Materiales complementarios
Ejercicios y lecturas

補充教材
習題及短文閱讀

Lección preparatoria
行前準備

I. Las vocales 請選出聽到的母音

II. Los diptongos 雙母音練習

III. Las sílabas 音節練習

IV. Los pronombres de sujeto (1) 請拼寫出相符的代名詞

V. Los pronombres de sujeto (2)　主詞人稱

VI. Los saludos (1)　招呼語

IV. Los saludos (2)　請拼出聽到的單字

Lección 1
第 1 課

I. La nacionalidad　請帶太空人走到正確的國旗

II. Nacionalidad y lenguas (1)　請把語言和國家連結起來

III. Nacionalidad y lenguas (2)　請將字母排列成正確的句子

Lección 2
第 2 課

I. Las profesiones 請將字母排列成正確的單字

II. Lectura 閱讀（掃描 QR code 看影片）

Adivina mi profesión

A: ¿Qué eres?

B: Adivina. Uso un micrófono.

A: Eres cantante.

B: No. Uso distintos idiomas.

A: Eres intérprete o traductora.

B: No. Asesoro, oriento profesional y personalmente.

A: Eres coach.

B: No. También ayudo en problemas psicológicos.

A: Ahora estoy seguro, eres psicóloga.

B: No. Utilizo el ordenador.

A: Eres informática.

B: No, también uso nuevas tecnologías, incluso la IA.

Materiales complementarios

A: Eres influencer.
B: No, sumar puntos, restar puntos, también es mi trabajo.
A: Eres contable.
B: No…
A: Entonces eres matemática.
B: No, tengo que vigilar si hacen bien o mal las cosas.
A: Eres policía.
B: No. Piensa en un trabajo donde se use el micrófono, se use distintos idiomas, se asesore profesional y personalmente a la gente, se le ayude con sus problemas personales, se use el ordenador y las nuevas tecnologías, se pueda influir en la gente, se tengan que utilizar los números y vigilar el comportamiento y el rendimiento de la gente.
A: ¿Tienes muchos trabajos?
B: No, solo uno. En mi trabajo hago todo eso y mucho más.
A: No sé, me rindo.
B: Soy profesora de español para extranjeros. ¿Y tú qué eres?
A: Adivina. Soy la persona por la que haces todas esas cosas.
B: Eres estudiante.
A: Sí.

Escribe las respuestas en español, usando las palabras que aparecen en el texto. Preguntas:

1. Enumera las profesiones que aparecen en el texto.
2. ¿Qué tipo de problemas soluciona?
3. ¿Qué tiene que vigilar?
4. ¿Cuáles son los trabajos, que según el texto, hacen los profesores de español para extranjeros?
5. ¿Qué hace "B"?

Lección 3
第 3 課

I. Lectura(1) 閱讀（1） （掃描 QR code 看影片）

Entrevista

Esta noche ha venido a nuestro programa un estadounidense de Nueva York, muy importante. Tiene cinco hijos. Los tres hijos mayores son de su primera mujer, tiene una hija de su segundo matrimonio y un hijo con su actual mujer. Es un hombre mayor y alto, mide 1,92 m. Era rubio, pero su pelo ahora es blanco con flequillo peinado con un poco de tupé. Sus ojos son azules. En la televisión, a veces su tez parece que es naranja. Sus opiniones son muy polémicas, pero tiene un gran poder no solo por ser un gran empresario con mucho dinero, sino por ser el presidente número 45 y 47 de los Estados Unidos. Con todos ustedes: Donald Trump.

Escribe las respuestas en español, usando las palabras que aparecen en el texto. Preguntas:

1. ¿Cuántos hijos tiene?
2. ¿Son todos de la misma madre?
3. ¿Cuántas esposas ha tenido?
4. ¿De qué color era su pelo?
5. ¿De qué color es su pelo ahora?
6. ¿De qué color son sus ojos?
7. ¿Cómo son sus opiniones?
8. ¿Qué trabajos tiene?

II. Lectura(2) 閱讀（2）（掃描 QR code 看影片）

Monólogo

Mido 1,75m, pero comparada con mi hermana soy baja, ella mide 1,81m. El color de nuestro pelo es rubio. Los ojos de mi hermana son verde miel y los míos son azules. Mis padres no han tenido hijos varones, por eso yo como primogénita tengo que asumir la responsabilidad de mi familia, es decir, no puedo elegir mi profesión. Mi destino está señalado desde mi nacimiento. Por eso, cuando tenía 18 años, entré para formarme en las fuerzas armadas de mi país. Cuando termine mi formación en el ejército podré estudiar una carrera, pero nunca la ejerceré, porque mi destino es ser la reina de España. Yo soy Leonor de Borbón y Ortiz, princesa de Asturias.

Escribe las respuestas en español, usando las palabras que aparecen en el texto. Preguntas:

1. ¿Las dos hermanas tienen los ojos del mismo color?
2. ¿Leonor tiene hermanos varones?
3. ¿Quién es más alta, Leonor o su hermana?
4. ¿Leonor puede estudiar una carrera?
5. ¿Por qué Leonor entró en el ejército a los 18 años?

Lección 4
第 4 課

I. Lectura(1) 閱讀（1）（掃描 QR code 看影片）

El mando a distancia

Hola Pedro, no te vas a creer lo que me ha pasado. Esta tarde, llego a casa y no hay nadie. Y pienso: "¡Genial, la tele toda para mí! Y cuando voy a encenderla, no encuentro el mando a distancia. Busco por todo el salón: detrás de los cojines del sofá; entre sus ranuras, incluso miré debajo. También sobre la mesa, en los estantes, entre las fotos y las figuritas que tiene mi madre; en la vitrina del mueble; también abro todos sus cajones. Pero no está en ningún sitio. Pienso que puede estar en la habitación de mi hermana mayor. Voy allí. Busco en la estantería entre los libros, dentro del armario, bajo la almohada y también, bajo la cama; en el cajón de los juguetes, en la mesilla, por el tocador, incluso bajo la alfombra. Y al final, tenía tanta hambre que fui a la cocina y abrí la nevera y allí estaba el mando a distancia de la tele en el estante del medio.

Escribe las respuestas en español, usando las palabras que aparecen en el texto. Preguntas:

1. ¿Por qué la persona que llega a su casa está tan contenta?
2. ¿Qué quiere hacer?
3. ¿Qué no encuentra?
4. ¿En qué habitaciones busca?
5. ¿En qué lugares busca?

6. ¿Por qué fue a la cocina?

7. ¿Dónde estaba el mando a distancia?

II. Lectura(2) 閱讀（2）（掃描 QR code 看影片）

El zapato de mi hermana

Mi hermana no deja sus cosas en su sitio. Ahora está buscando su zapato. Su zapato no está en el zapatero. Ella mira debajo de la cama, pero no está. Mira por el suelo, donde están todos sus juguetes tirados. Mira bajo la cómoda. Mira bajo el escritorio y bajo la silla; pero no está. Baja al salón y mira debajo del sofá y de los sillones, pero no está. Yo miro por la ventana y veo a nuestro perro con su zapato. Ja ja ja ja ja.

Escribe las respuestas en español, usando las palabras que aparecen en el texto. Preguntas:

1. ¿Qué no deja su hermana en su sitio?
2. ¿Qué está buscando ahora?
3. ¿Dónde mira primero?
4. ¿Qué está tirado por el suelo?
5. ¿En el salón, dónde mira?
6. ¿Quién tiene el zapato?

Lección 5
第 5 課

I. Lectura(1) 閱讀（1） （掃描 QR code 看影片）

Mi moto

Es una Derbi, no sé el modelo ni la cilindrada, mi padre la ha hecho algunas modificaciones: la ha puesto ruedas nuevas y más anchas para que se agarren mejor al asfalto y a la tierra de los caminos, ha puesto pastillas nuevas y cambiado los cables del freno y del acelerador, para que no tenga ningún problema. Ha pintado el depósito de la gasolina en un rojo fuego con una franja blanca a cada lado El asiento es duro pero cómodo, no es completamente liso, es un poco rugoso, mi padre lo ha recubierto con un cuero suave, grueso y negro que contrasta con el rojo del depósito.

La moto para mí es como un caballo salvaje difícil de dominar. Cada vez que monto en ella, un sudor frío recorre mi cuerpo. Mi cara se vuelve tan pálida que mi piel parece más blanca que una vela. Cualquiera que me vea, puede pensar que soy un vampiro o un muerto viviente, es decir, no corre sangre por mis venas.

Escribe las respuestas en español, usando las palabras que aparecen en el texto. Preguntas:
- ¿Quién ha hecho modificaciones en la moto?
- ¿Cómo son las ruedas?
- ¿El depósito de qué colores está pintado?
- ¿Cómo es el asiento?

Materiales complementarios

- ¿Con qué animal compara la moto? ¿Por qué?
- ¿Cómo tiene la cara?
- ¿Por qué las personas que la vean pueden pensar que es un vampiro o un muerto viviente?

Lección 6
第 6 課

I. Los números　請選出聽到的數字

II. La ropa　把圖片和正確的衣服單字配對

III. Lectura(1) 閱讀（1）　（掃描 QR code 看影片）

El regalo de cumpleaños

A: ¿Te gusta esa falda roja o aquella amarilla?
B: Me gusta la amarilla ¿y a ti?
A: A mí, también.
B: ¿Y a tu hermana?
A: Creo que a ella también.
B: Entonces, le regalamos aquella falda amarilla para su cumpleaños.
A: Vale.

1. ¿Qué regalan a su hermana para su cumpleaños?
2. ¿Qué le gusta a la chica?
3. ¿Qué compran?

IV. Lectura(2) 閱讀（2）（掃描 QR code 看影片）

Hacer compras

A: Me gusta este abrigo blanco, pero cuesta 200 euros.
B: ¡Es muy caro! ¿Te gusta ese abrigo negro de lunares blancos? Solo cuesta 58 euros y cincuenta céntimos. Es barato.
A: No, no me gusta.
B: Pero es barato.
A: ¡No me gustan nada los abrigos de lunares!
B: Vale, vale, vamos a ver si hay otros abrigos en oferta.

1. ¿Qué le gusta a la chica?
2. ¿Qué no le gusta a la chica?

V. Lectura(3) 閱讀（3）（掃描 QR code 看影片）

El supermercado SOL

Menos mal que han puesto rebajas en el supermercado SOL. Ahora 4 kg de patatas cuestan 3,49 euros, antes costaban 4,99 euros. También puedes encontrar el Roscón de Reyes de 550g por 6,99 euros. El gambón salvaje crudo tiene un descuento de un 22%, es decir, antes costaba 9,99 euros y ahora cuesta 7,79 euros. El pulpo cocido también está rebajado un 20%, ahora cuesta: 7,89 euros 250 g. Puedes comprar 100g de salmón por 3,99 euros. Los tomates están a 2,99 euros el kilo.

Escribe las respuestas en español, usando las palabras que aparecen en el texto. Preguntas:

1. ¿En qué supermercado hay rebajas?
2. ¿Cuánto cuestan 4 kilos de patatas ahora?
3. ¿Cuánto pesa el Roscón de Reyes?
4. ¿De cuánto es el descuento del gambón salvaje?
5. ¿Cuántos gramos de salmón puedes comprar por 3,99 euros?
6. ¿Cuánto cuesta un kilo de tomates?

國家圖書館出版品預行編目資料

西班牙語大冒險 初級/ 金賢真(Diana Chin)、貝羅拉(Laura Vela Almendros)、
艾利歐(Nelio Mendoza Figueredo)著；
-- 初版 -- 臺北市：瑞蘭國際, 2025.09
264面；19×26公分 --(外語學習系列；154)
ISBN：978-626-7629-81-9（平裝）
1. CST：西班牙語 2. CST：讀本

804.78　　　　　　　　　　　　　　　　　　114009822

外語學習系列 154
西班牙語大冒險 初級

作者｜金賢真(Diana Chin)、貝羅拉(Laura Vela Almendros)、艾利歐(Nelio Mendoza Figueredo)
責任編輯｜潘治婷、王愿琦
校對｜金賢真(Diana Chin)、貝羅拉(Laura Vela Almendros)、艾利歐(Nelio Mendoza Figueredo)、
　　　潘治婷、王愿琦

西語錄音｜貝羅拉(Laura Vela Almendros)、艾利歐(Nelio Mendoza Figueredo)、金賢真(Diana Chin)
錄音室｜采漾錄音製作有限公司
封面設計、版型設計｜劉麗雪
內文排版｜鄭人豪

瑞蘭國際出版
董事長｜張暖彗・社長兼總編輯｜王愿琦
編輯部
副總編輯｜葉仲芸・主編｜潘治婷・文字編輯｜劉欣平
設計部主任｜陳如琪
業務部
經理｜楊米琪・主任｜林湲洵・組長｜張毓庭

出版社｜瑞蘭國際有限公司・地址｜台北市大安區安和路一段 104 號 7 樓之一
電話｜(02)2700-4625・傳真｜(02)2700-4622・訂購專線｜(02)2700-4625
劃撥帳號｜19914152 瑞蘭國際有限公司
瑞蘭國際網路書城｜www.genki-japan.com.tw

法律顧問｜海灣國際法律事務所　呂錦峯律師

總經銷｜聯合發行股份有限公司・電話｜(02)2917-8022、2917-8042
傳真｜(02)2915-6275、2915-7212・印刷｜科億印刷股份有限公司
出版日期｜2025 年 09 月初版 1 刷・定價｜800 元・ISBN｜978-626-7629-81-9

◎ 版權所有・翻印必究
◎ 本書如有缺頁、破損、裝訂錯誤，請寄回本公司更換

PRINTED WITH SOY INK　本書採用環保大豆油墨印製